숲 광장 사막

the world, communication, society

이 광 호 (李 光 浩)

글을 읽고 쓰는 것을 일로 합니다.
겁이 많아 은유를 즐겨합니다.
-
4권의 시집과 2권의 산문집
그리고 1권의 우화집을 썼습니다.

개정 증보판 **서문**

새로운 서문을 쓰고 지우고 몇 번을 반복합니다. 어제의 글은 또 일일이 변명하는 것 같아 마음에 들지 않았습니다. 언제쯤 고쳐내지 않아도 마음에 쏙 드는 서문을 쓸 수 있을까요.

요즘 저는 고치는 것에 저를 많이 쓰고 있습니다. 고쳐 생각하고, 고쳐 말하고, 고쳐 사랑하고, 고쳐 살아가고.

그리고 여기 지금보다 훨씬 치기 어린 시절 미숙한 필치로 쓰고 지은 책을 고쳐 냅니다.

물론, 과거의 제 모습 또한 저이기에 부정하고 싶진 않습니다. 그리하여 개정 방식을 초판의 내용

삭제 없이 상쇄할 수 있을 만한 다른 이야기, 확장 시켜줄 수 있는 생각거리를 추가하는 방식으로 정했습니다.

이 책은 과거 좁고 탁한 터널을 탈출하면서 그간 경험하고 느낀 것들을 아직 터널에 있을 친구들, 혹은 터널 앞에서 서성이고 있을 친구들과 공유하기 위해 지은 책입니다.

부디, 조금 더 넓어진 숲.《숲 광장 사막》이 여러분의 삶에 도움이 되길 바랍니다.

2020년 2월
이광호

초판 **서문**
: 우화집, <숲>을 펴내면서

친구들아,
우리도 모르는 사이에 우리는 세상의 모순 속에 살면서 그것들에 젖어 무엇이 잘못되었고 무엇을 위해 사는지 잊어버렸구나.

이 책은 나와 너희들, 우리를 위해 쓴 책이다.

부디 이 재미있는 우화가 그간 굳어져 버린 우리들의 일상적 사고 구조에 자극이 되는 강렬한 무엇이 되었으면 좋겠다.

나아가 우리들의 무반성적인 삶의 태도에 변화가 있길 바라며.

2017년 9월
이광호

목차

목 차

목 차

*
독서 속도 조절을 위해 쉼표가 있
는 우측 페이지에서는 쉬어 읽을
것을 권장합니다.

제 1 장

숲

주인과 하인

내가 비둘기였을 때 이야기다.

그날은 날씨가 워낙 좋아 집에 있고 싶지 않았고 가까운 한강 공원에라도 나가야 했다.

나는 언제나 그랬듯 하고 싶은 대로 가까운 한강 공원에 놀러 가서 널려 있는 빵 부스러기를 먹었다.

한참 빵 부스러기를 먹는데 어느 인간이 뭔가를 떨어뜨렸는지 툭! 하는 소리가 들렸고 고개를 들자 빵 부스러기 사이로 빛나고 멋진 손목시계가 보였다.

나는 빛나고 멋진 시계를 어떻게 할까 고민하다가 아무도 집어가지 않기에 집으로 물어왔다.

나는 인간의 시간을 알고는 있었지만 시계를 가져본 적은 처음이었고 무엇보다 빛나는 시계의 주인이 되었다는 사실에 하루 종일 기분이 좋았다.

시계는 째깍째깍하며 사소한 것까지 내게 말해주었다.

밥 먹을 시간이라고, 친구가 올 시간이라고, 일을 마칠 때가 됐다고, 잠을 자라고.

시계는 늘 친절했지만 왜인지 나는 갈수록 시계를 대하기가 버거워졌다. 그리고 그때쯤 다른 비둘기들은 내가 시계의 하인이 되었다고 수군거리기 시작했다.

"저놈은 시계가 일어나라고 하면 일어나고 시계가 밥 먹으라고 하면 밥을 먹어."

"그뿐인 줄 알아? 시계가 허락해야 쉴 수 있는 것 같더라니까."

"며칠 전에는 올림픽대로 위를 미친 듯이 날아가던데, 그럼 그것도 시계가 시켜서 그런 건가?"

"그렇겠지 뭐. 저번에도 시계가 늦었다니깐 털이 다 빠지도록 뛰던데."

그들의 말은 모두 맞았다. 시계가 없었으면 나는 힘들게 일어나지도 억지로 밥을 먹지도 털이 다 빠지도록 뛰지도 않았을 것이다.

나는 곧장 시계를 버렸고 지금이 몇 시인지 잊어버리게 되었다.

나는 몇 시인지도 모른 채 천천
히 노을을 즐기며 집으로 향했
고 돌아가는 길에 한 인간이 그
시계를 줍는 것을 보았다.

분수

물은 생기 없는 광장에 누워 하늘을 바라보며 하늘에 닿기를 꿈꿨다. 하지만 누워 있는 모두가 중력이 있는 한 그건 불가능한 일이라고 했다.

하지만 물은 하늘에 닿고 싶은 꿈을 포기하지 않았고 용기 내어 솟구쳐 보기로 했다.

생각보다 물은 중력을 쉽게 이겨냈고 제법 높이 올랐는데, 그때, 중력이 말했다.

"물 친구. 자네는 여기까지네. 나도 자네의 꿈 이야기는 들었지만, 자네는 우리 중력을 이길 수 없어. 설령 자네가 잠시 우리 중력을 이긴다고 해도 그것은 잠시일 뿐이네. 우리의 힘은 절대적이기에 자네는 결코 하늘까지 닿을 수가 없다네. 이제 그만 내려가게."

물은 중력의 힘에 산산이 부서져 다시 아래로 추락했다.

이 과정을 지켜본 누워 있는 모두가 당연한 결과라며 고개를 저었다.

하지만 물은 포기하지 않고 계속 솟아오르며 중력에게 도전했다. 하늘에 닿고 싶은 자신의 꿈을 위해서.

그때, 어디선가 어린 소녀가 분수대로 다가와 외쳤다.

"우와! 엄마 이 분수 좀 보세요.
엄청 멋있어요!"

소녀의 외침에 사람들은 분수
주변으로 모여들었고 모두가
분수의 아름다움을 극찬했다.

분수에게 쏟아지는 사람들의
찬사에 누워 있는 것들 중 하나
가 의아한 표정으로 말했다.

"아니, 이기지도 못하는 중력에
게 바보같이 계속 덤비고 산산
이 부서지는 것이 뭐가 아름답
다는 것이지?"

그러자 누워 있는 것들 중 반쯤
일어선 누군가 말했다.

"어쩌면 그것이 아름다운 것일
지도."

분수는 산산이 부서졌던 조금
전보다 더 높게 솟아올랐고 사
람들은 박수를 멈추지 않았다.

매미

옛날에 내가 나무에 붙어살았
을 때, 이르게 나온 매미 한 마
리를 보았다. 나무는 매미에게
왜 이렇게 일찍 나왔느냐 물었
고 매미는 자랑스러운 듯 우수
했던 자신의 애벌레 시절을 이
야기했다.

그의 이야기는 자만심으로 가
득했지만 존경할 만했고 3년의
애벌레 시절을 거쳐 다른 애벌
레들보다 일찍 매미가 된 그를
향해 나무는 아낌없이 박수를
쳐주었다.

이르게 나온 매미는 다음 날부

터 짝을 찾기 위해 밤낮으로 소
리 높여 울기 시작했다.

하지만 그가 다른 매미들에 비
해 지나치게 일찍 나왔는지 다
른 매미들의 모습은 좀처럼 찾
아볼 수 없었고 늘 이르게 나온
매미의 울음소리만이 메아리칠
뿐이었다.

유일한 그의 울음소리는 처음
엔 강렬하고 활기찼지만 시간
이 지나면서 외롭고 고독한 소
리로 변해갔다.

한 달이라는 시간밖에 살지 못
하는 그의 사정을 알고 나서부
터는 그의 울음소리가 절규의
소리로 들리기까지 했다.

어느덧 한 달째가 되었으나 다
른 매미들은 여전히 모습을 보
이지 않았다. 결국 이르게 나온

매미는 짝을 찾지 못했고 매미
로서의 일생 동안 울기만 하다
가 외롭게 죽고 말았다.

그가 죽은 다음 날, 여름은 매
미들의 울음소리로 가득했다.

,

화병

내 친구 화병은 아주 화려한 친구다. 그는 세상의 아름다움인 꽃들을 가졌고, 그의 주변에서는 항상 벌과 나비들이 노래를 불렀다. 나는 그를 동경했으며 그와 같이 화려해지기를 소원했다.

그러던 어느 날 흐드러진 꽃들 사이로 쓸쓸한 표정을 짓고 있는 화병을 발견하고는 그에게 물었다.

"무슨 일이라도 있어? 이렇게 화려한 꽃들을 가지고 있으면서 왜 그런 표정을 짓고 있어?"

그러자 화병은 나를 보며 말했다.

"모두가 나를 보고 화려한 삶을 살고 있다고, 언제나 행복할 거라고 말하지만 사실 나는 단 한 번도 행복한 적이 없어. 늘 고독하고 쓸쓸했을 뿐이지."

모든 이가 가지고 싶어 하는 꽃들을 가졌고 하루도 빠짐없이 벌과 나비에게 사랑받는 그가 고독하고 쓸쓸하다니, 나는 놀라지 않을 수 없었다.

"항상 고독하고 쓸쓸했다니, 그게 무슨 말이야? 네게는 늘 벌과 나비가 찾아왔잖아?"

나의 놀란 표정에도 화병은 여전히 쓸쓸한 표정으로 힘없이 말을 이었다.

"그들이 과연 나를 위해 나를

찾아오는 것일까? 만약 내게 꽃이 없어도 그들이 나를 찾아와줄까? 그들은 나를 찾아오지만 진실로 내 안에 들어온 적은 단 한 번도 없었어. 그저 꽃의 향기와 꿀에만 관심이 있을 뿐이지."

나는 다시 말했다.

"어쨌든 너는 세상의 아름다움인 꽃을 가지고 있잖아! 보통의 우리는 가질 수도 없는. 나는 늘 부러워했어. 네가 가진 꽃을 한 송이라도 가져볼 수 있다면 하고 말이야."

그러자 화병이 말했다.

"내가 화려한 꽃들을 가진 것처럼 보이겠지만 사실 나는 이 화려한 꽃들을 지탱하고 있을 뿐이야. 지금껏 이 화려함을 유지

하기 위해 살아왔지만 이젠 너무 지쳤어."

나는 지친 화병에게 힘이 되어주고 싶었다. 그래서 진실로 그에게 다가가기 위해 그의 안으로 들어간 나는 화려한 모습 이면의 텅 빈 공간에서 흐드러진 꽃들을 힘겹게 지탱하고 있는 그를 마주할 수 있었다. 그리고 조금 더 그의 낮은 곳으로 내려갔을 땐 고독의 물만이 고여 있는 것을 보았다.

공원 나비와 애벌레

애벌레들이 하늘을 나는 푸른 빛의 나비를 보며 말했다.

"저 나비는 우리와 같은 애벌레였던척하지만 사실 공원에서 곱게 자란 애벌레였어. 저 날갯짓은 다 가짜야."

"대박, 그런 줄 전혀 몰랐어. 정말 가증스럽군."

"저 나비의 날개 문양에는 아름다움이 없어. 공원에서 곱게 자랐기 때문이지."

"나도 공원에서 자랐으면 얼마
든지 저 나비처럼 하늘을 날고
있겠지!"

"삶의 고통을 모르는 자의 날갯
짓에는 관심 없어."

한창 애벌레들이 나비를 향해
비난을 쏟아부을 때, 어디선가
목소리가 들렸다.

"자, 애들아. 이제 번데기가 되
어야 할 시간이다."

어디선가 들려온 말 한마디에
애벌레들은 공원 뿔뿔이 흩어
지며 소리를 질렀다.

"으악! 모두 도망쳐! 번데기가
되면 어둡고 외로운 시간을 견
디다 결국 죽어버리고 말 거야."

욕심

옛날에 호랑이 송곳니를 엮어
목걸이를 만드는 나라가 있었
다. 그 나라에서는 사람들이 너
도나도 호랑이 송곳니를 목에
걸고 다녔다.

그중 한 소년은 유독 자신의 검
지만 한 호랑이 송곳니를 보며
자랑스러워했다. 하지만 그것
도 잠시, 소년은 친구의 중지만
한 호랑이 송곳니를 보고는 자
신의 호랑이 송곳니가 창피하
게 느껴졌고 그 친구의 것보다
큰 송곳니를 구하기 위해 소년
시절을 모두 보내게 되었다.

청년이 된 소년은 누구보다 큰 호랑이 송곳니를 목에 두르게 되었고 청년이 된 만큼 더 많은 사람들을 만나게 되었다. 하지만 새로 만난 사람들은 무작정 큰 호랑이 송곳니를 목에 두르는 것보다는 호랑이 송곳니의 빛깔을 중요하게 여겼다. 청년은 다른 사람들 것에 비해 좋은 빛을 내지 않는 자신의 호랑이 송곳니가 부끄러웠고 다시 청년은 좋은 빛깔을 내는 호랑이 송곳니를 구하기 위해 청년 시절을 모두 보냈다.

중년이 된 청년은 누구보다 좋은 호랑이 송곳니를 가지게 되었고 중년이 된 만큼 더 많은 사람들을 만나게 되었다. 하지만 새로 만난 사람들은 좋은 빛깔을 띠는 호랑이 송곳니에는 관심이 없었고 대신 호랑이 송곳니가 얼마나 단단한지를 이야기했다. 중년은 다른 사람들 것에 비해 단단하지 않은 자신의 호랑이 송곳니에 부족함을 느꼈고 그는 다시 단단한 호랑이 송곳니를 구하기 위해 중년 시절의 모두를 보냈다.

노년이 된 중년은 드디어 누구보다 단단한 호랑이 송곳니를 가지게 되었다. 하지만 많은 시간이 지나 몸이 쇠약해질 대로 쇠약해진 노년은 죽음을 앞에 두고 알게 되었다.

모든 일생을 남보다 좋은 호랑이 송곳니를 구하기 위해 썼다는 것을.

,

참새

오늘 아침에도 참새가 날아와 나에게 재잘거리기 시작했다.

"그러니까 오늘부터 나는 운동을 시작할 거야. 그리고 그동안 내가 말했던 여행을 알아보려 해. 어디가 좋을지, 뭘 준비해야 하는지. 아! 어제 하기로 했던 그림도 그려야겠다. 너무 무리인가? 그래도 바쁘게 살아야지! 앞으로는 정말 바빠지겠다."

참새는 자신이 앞으로 할 일들을 내게 한참 떠들고는 뿌듯한 표정을 짓고 사라졌다.

다음 날 역시 참새가 날아와 나에게 재잘거리기 시작했다.

"원래 어제부터 운동을 시작하려 했는데, 오늘부터 시작하려고 해. 벌써 단단한 내 근육이 상상이 되지? 그나저나 여행은 얼마나 즐거울까? 빨리 여행 계획을 짜야겠어! 그럼 아무래도 그림은 다음 주에 그려야겠지? 다음 주 계획까지 정할 생각은 없었는데, 후! 오늘부터는 진짜 바빠지겠다."

참새는 자신이 앞으로 할 일들을 내게 몇 시간씩 떠들고는 여느 때와 마찬가지로 한껏 뿌듯한 표정을 짓고 사라졌다.

무당벌레

무당벌레가 책상에 날아들었다.

나는 천천히 무당벌레를 관찰
했는데, 무당벌레는 책의 테두
리만 돌기를 반복했다.

"무당벌레야 그곳만이 길이 아
니야, 더 넓은 길로 가봐."

무당벌레는 나를 올려다보며
말했다.

"길이 많은 거야 나도 알지, 하
지만 나는 내가 아는 길로 갈
뿐이야."

무당벌레는 자신이 걸었던 길을 계속 걸었다. 그 길은 새로운 곳으로 연결되지 않는 책의 테두리였다. 무당벌레는 계속해서 책의 테두리만을 돌았고 재미가 없어진 나는 무당벌레 관찰하기를 그만두었다.

나는 할 일을 마치고 책을 집으려다 무당벌레가 책의 한가운데에 올라가 있는 것을 발견했다.

"오! 드디어 새로운 길을 찾았구나! 무당벌레 너, 엄청 큰 발전을 했네."

무당벌레는 다시 내게 말했다.

"발전은 무슨, 그냥 용기를 낸 것뿐이야."

원숭이

꿈 많은 원숭이는 숲의 왕이 되어 누구보다 자유롭고 호화롭게 살기를 바랐다.

하지만 원숭이는 하루하루 지나면서 자신보다 강한 동물들의 존재를 알게 되었고 자신이 숲의 왕이 되기는 힘들겠다고 생각했다. 그러던 중, 숲에 찾아온 동물원 직원들을 보고 원숭이는 생각했다.

'동물원이라면 인간 손에 길들여진 약해빠진 놈들밖에 없을 거야. 그래! 동물원의 왕도 왕이니까 나는 동물원의 왕이 되겠어!'

원숭이는 동물원의 왕이 되기
위해 동물원 사람들과 함께 동
물원으로 갔으나 그의 생각과
는 달리 그는 좁은 우리 안에
갇히게 되었다. 원숭이는 몇 번
이고 우리 밖으로 나가려고 시
도했지만 자신의 힘으로는 우
리 밖으로 나갈 수 없음을 깨닫
고 속으로 생각을 했다.

'그래, 굳이 우리 밖으로 나갈
필요가 뭐 있겠어? 이 우리 안
의 왕도 괜찮지 않겠어?'

원숭이는 우리 안에 조성된 나
무를 타며 자유를 만끽했다. 그
런데 아무리 둘러봐도 바나나
라고는 찾아볼 수가 없었다.

시간이 지날수록 원숭이의 배
고픔은 커져갔고 원숭이는 우
리 쇠창살을 부여잡은 채 바나
나를 외쳤다.

그렇게 얼마간의 시간이 지나고
우리 안으로 사과 몇 개가 굴러
들어왔다. 원숭이는 바나나가
아닌 사과를 보며 생각했다.

'사과도 괜찮은 것 같아.'

,

온도 조절

어제 어린 너구리 두 마리가 목
욕을 하기 위해 목욕탕을 찾았
다. 목욕탕의 모든 것들은 어린
너구리들을 반기며 왜 이제야
왔냐며 어린 너구리들에게 빨
리 목욕을 하라고 보채기 시작
했다.

어린 너구리들은 처음 보는 목
욕탕과 목욕을 보채는 것들이
낯설고 무서운 데다 의아했지
만 왠지 빨리 목욕을 해야만 할
것 같았다.

어린 너구리들은 목욕을 하기
전에 수도꼭지를 틀어 온도를

확인했다.

하지만 이제 막 수도를 틀어서
그런지 물은 지나치게 차가웠
고 따듯한 물이 나오려면 시간
이 조금 걸릴 듯했다.

손끝으로 온도를 확인하는 어린
너구리들을 본 거울이 말했다.

"이봐, 너구리 친구들, 목욕 안
할 거야? 언제까지 손끝만 물에
적시고 있을 거야. 어서 물을
몸에 끼얹으란 말이야."

거울의 말에 첫째 너구리는 어
쩔 줄 몰라 했다. 하지만 둘째
너구리는 거울을 보며 자신의
생각을 말했다.

"도대체 왜 이렇게 재촉하는 거
야. 지금은 물이 차가워서 몸에
물을 끼얹을 수가 없어. 나는

따듯한 물로 행복하게 목욕하
고 싶단 말이야."

거울은 어린 너구리들이 복에
겨운 소리를 한다며 혀를 내둘
렀고 물이 있다는 것에 감사할
줄 알아야 한다고 말했다.

거울의 말이 끝나기 무섭게 수
도에서는 뜨거운 물이 홍수처
럼 쏟아져 나왔고 수도꼭지는
어린 너구리들을 향해 말했다.

"자, 너희가 말한 뜨거운 물이
나오기 시작했어. 어서 목욕을
시작해. 빨리 목욕을 끝내고 이
목욕탕을 나가야지."

하지만 수도에서 나오는 물은
지나치게 뜨거웠다.

첫째 너구리는 용기를 내어 수
도꼭지에게 말했다.

"수도꼭지야, 물이 너무 뜨거워서 그런데 찬물을 조금만 섞어 물이 따듯해지면 목욕을 시작할게."

첫째 너구리의 말에 수도꼭지는 화를 내며 언성을 높였다.

"아니, 아까는 차가워서 못하겠다, 지금은 뜨거워서 못하겠다, 목욕은 도대체 언제 하려고 그래? 이 세상의 모든 것들이 다 너희들에게 맞춰질 거라 생각하는 거야? 너희가 어려서 잘 모르나 본데, 너희 부모님들도 다 이 정도 온도에서 목욕을 했어."

첫째 너구리는 수도꼭지의 성화에 못 이겨 뜨거운 물에 몸을 적셨지만 살갗을 찢는 듯한 뜨거움을 참지 못하고 목욕을 멈추었다.

그러자 비누가 첫째 너구리에게 말했다.

"너는 참을성도 없는 너구리구나. 너희 부모님들은 이 뜨거움을 견디고 견디며 목욕을 하셨어. 그래, 처음에는 모든 것이 낯설고 어려운 법이란다. 꼬마 너구리야, 하지만 그것들을 참고 견디면 비로소 익숙해지고 모든 것이 쉬워진단다. 너는 참고 견디는 법을 배워야 할 필요가 있겠다."

비누의 말에 자극을 받은 첫째 너구리는 다시 몸을 뜨거운 물에 적셨고 살갗을 찢는 듯한 뜨거움을 참고 참으며 뜨거운 물에 자신의 몸을 맞추었다.

하지만 둘째 너구리는 여전히 수도꼭지를 돌리며 자신의 몸에 물의 온도를 맞추고 있었다.

이를 본 목욕탕의 모든 것들이 둘째 너구리에게 한마디씩 하기 시작했다.

"거울과 수도꼭지 그리고 비누의 말을 듣고도 아직 몸에 물을 적시지 않다니, 어리석구나.", "도전을 모르는 너구리 같으니라고.", "하고 싶은 것만 하고 힘든 것들을 참기 어려워하니 안타깝구나.", "언제 물을 적시고 언제 비누 칠을 할는지, 어린애들은 계획이 없어 문제라니까."

둘째 너구리는 모두의 비난이 서러웠지만 자신이 꿈꿔온 따듯한 목욕을 포기할 수 없었기에 물 온도 맞추기를 멈추지 않았다.

이런 둘째 너구리를 본 첫째 너구리는 알 수 없는 승리감을 느

껐고, 비누 칠을 하며 둘째 너구
리에게 지금이라도 늦지 않았으
니 물에 몸을 맞추라고 말했다.

하지만 둘째 너구리는 첫째 너
구리의 말에도 개의치 않았고
끊임없이 물 온도를 조절한 결
과 드디어 자신의 몸에 딱 맞는
온도를 맞추었다.

목욕을 마친 첫째 너구리는 둘
째 너구리보다 자신이 먼저 목
욕을 마친 것에 우월감을 느끼
며 목욕탕을 나갔다. 그리고 오
랜 시간이 지나 둘째 너구리도
목욕을 마치고 목욕탕을 나왔다.

둘째 너구리는 자신이 꿈꾼 목
욕을 해서 행복했고 목욕 후 맑
은 공기를 마시니 새로 태어난
기분이 들었다. 둘째 너구리는
지금 기분을 함께 목욕한 첫째
너구리와 나누고 싶어 첫째 너

구리를 찾아다니다 가까운 병원에 첫째 너구리가 있다는 소식을 알게 되었다.

둘째 너구리는 첫째 너구리를 찾아 병원을 돌아다녔고 화상을 입어 붕대를 감고 있는 첫째 너구리를 만날 수 있었다.

의사 선생님은 첫째 너구리가 뜨거운 물에 오랜 시간 몸을 혹사시켜 화상을 입었다고 말했다.

그리고

첫째 너구리는 다시는 목욕을 하고 싶지 않다고 말했다.

노인

기차역의 모든 사람들이 가난
해 보이는 노인에게 존경의 뜻
을 표했다.

나는 그 노인이 도대체 누구이
기에 이 많은 사람들이 경의를
표하는지 궁금해져 노인에게
가서 물었다.

"어르신이 누구시기에 모든 사
람들이 어르신에게 경의를 표
하는 것입니까?"

노인은 웃으며 나에게 대답했다.

"내가 성공한 인생을 산 노인이

라 그러는 것일 게야."

나는 순간, 가난해 보이던 노인
이 달라 보였고 오늘 밤, 이 노
인을 집으로 초대해 그에게 성
공 비결을 들어야겠다고 생각
했다.

노인은 순순히 나의 저녁식사
제안에 응해주었고 집으로 향
하는 길에 나는 그 노인이 얼마
나 큰 성공을 이루었는지 확인
하고 싶어 노인의 가장 큰 성공
에 대해 물었다.

노인은 웃으며 내게 말했다.

"글쎄, 가장 큰 성공이라? 아까
말했지 않았나, 성공한 인생을
살았다고 말이야."

나는 노인이 자신의 성공 비결
을 쉽사리 이야기하지 않을 것

이란 걸 짐작했고 저녁을 먹으면서 천천히 그리고 치밀하게 물어보기로 계획했다.

나와 노인이 집으로 들어섰을 때, 나의 아내는 초라한 행색의 노인을 발견하곤 나를 째려보았다.

나는 아내의 마음을 백분 이해하기에 곧바로 노인의 정체를 설명했다. 나의 설명을 들은 아내의 눈빛은 좀 전과는 확연하게 달라졌다.

아내와 나는 노인을 위해 귀하고 맛있는 음식들을 내었고 노인이 자신의 성공에 대해 입을 열기만을 기다렸다. 그리고 마침내 노인이 입을 열었다.

"정말 고맙네, 내 평생 이렇게 귀하고 맛있는 음식은 처음 먹

어 보는구려. 이런 대접을 받다
니 정말이지 나는 성공한 인생
을 살았다니까."

나는 성공한 사람이라면 이런
음식 정도는 쉽게 먹어봤을 텐
데 하는 의문을 품고 조심스럽
게 노인에게 물었다.

"어르신은 성공한 인생을 사셨
으니 이런 음식 정도는 매일 드
실 것 아닙니까?"

그러자 노인은 손을 내저으며
말했다.

"아니네, 정말 처음 먹어보네.
이 음식들은 모두 값비싼 음식
이 아닌가? 나는 이런 음식들을
살 돈이 없다네."

돈이 없다는 말에 눈이 휘둥그
레진 아내가 노인에게 언성을

높이며 말했다.

"돈이 없다고요? 무슨 소리 하
시는 거예요. 영감님은 성공하
신 분이라고 하지 않았나요?"

아내의 언성에 노인은 당황하
며 대답했다.

"그렇지, 성공한 인생을 살았
지. 무엇이 문제인가?"

나는 조심스럽게 노인의 성공
에 대해 물었고 노인은 자신의
성공에 대해 이야기했다.

노인의 성공 이야기를 들은 아
내는 좀 전보다 더 언성을 높여
노인에게 말했다.

"그러니까, 당신은 만 부도 아
니고 천 부 팔린 책의 작가이고
수입은 고작 빵 10개가 전부
라고요? 영감님, 그 정도의 삶
은 아무도 성공이라고 생각하

지 않아요. 영감님 삶에서 성공을 말하려면 100만 부 이상의 책이 팔려야 하고 수입도 황금 10개는 되어야 한다고요!"

아내의 말에 노인이 차분하게 대답했다.

"자네 성공의 기준이 그렇다는 것인가? 허허, 제법 힘들겠구먼."

나는 아내를 다독이며 노인에게 말했다.

"영감님, 그것은 저희만의 기준이 아니고 모두가 그렇게 생각하고 있는 성공의 요소입니다. 영감님이 성공이라고 하는 것은 자위일 뿐입니다."

노인은 머리를 긁적이며 대답했다.

"글쎄, 다른 사람들은 그렇게 생각하지 않는 것 같던데. 자네도 기차역에서 보지 않았나? 모두가 나의 성공한 인생을 인정해주는 것을."

"영감님 인생의 성공을 왜 타인에게 인정받으려 하는 겁니까? 영감님의 성공은 아무래도 가짜인 것 같네요."

"자네 지금 무슨 소리 하는 건가? 자네 말대로라면 내가 왜 자네에게 인정을 받아야 하는 것이지?"

나는 말문이 막혔지만 노인의 성공을 인정하고 싶지 않았고 더 이상 노인에게 볼일이 없어진 나는 노인을 집에서 내쫓았다.

,

노력하지 않는 마을

딸과 아버지는 한 빈민가를 지나게 되었다. 딸은 지저분한 옷을 입고 상한듯한 음식을 먹고 있는 아이들을 보며 안타까운 마음이 들었고 그들에게 자신이 가진 옷과 음식을 나눠줘야 겠다고 생각했다. 하지만 딸의 아버지는 쓸데없는 짓 하지 말라고 딸을 제지했고 마을을 나와 아버지는 딸에게 말했다.

"저 마을의 사람들은 노력을 하지 않아 빈곤한 것이란다. 딸아. 네가 옷과 먹을 것을 주면 저들은 더욱 노력을 하지 않을 것이란다."

아버지의 말을 듣고 딸은 아
버지에게 물었다.

"저들이 노력을 했는지 하지
않았는지 아버지가 어떻게 아
시나요?"

아버지는 딸의 물음에 답했다.

"딸아 우리의 형편도 저들과
다르지 않았단다. 하지만 이
아빠란 사람은 말이다 주말
과 공휴일, 밤낮 쉬지 않고 일
을 했고 먹고 싶은 것, 입고 싶
은 것 모두 참아가며 근검절약
하여 지금의 형편을 이룬 거란
다. 하지만 저들의 모습을 보
아라. 이 아버지는 저런 자들
을 잘 안다. 더우면 놀고 추우
면 쉬고, 주말이라 술 먹고, 공
휴일이라 여행 가고 그런 정신
상태로 어떻게 빈곤을 벗어 난
단 말이냐. 저런 자들에게는

빈곤이 어울리고 빈곤에서 벗어
날 자격도 없는 자들이다."

아버지는 딸에게 자신의 자수
성가 업적을 이야기하며 자신
이 얼마나 대단한 사람인지 강
조하였다.

그러던 어느 날, 딸은 빈민가에
서 만났던 아이들의 눈빛을 잊을
수가 없어 아버지 말에도 불구하
고, 집에서 몇 가지 음식과 옷을
챙겨 빈민가로 향했다.

딸은 빈민가 사람들에게 몇 가지
의 음식과 옷을 나눠 주며 함께
깊은 이야기를 하고 어울려 놀았
다. 딸은 빈민가 아이들과 친구
가 됐고 빈민가의 진실이 아버지
가 말해준 것과는 전혀 다르다는
것도 알게 되었다.

마을 입구에 사는 아이는, 아빠

가 불의의 교통사고로 사람을 다
치게 해, 감옥에 가서. 맞은편에
사는 아이는 공장의 화재로 전
재산을 소실해서, 그 뒷집에 사
는 아이는 동생의 투병생활로 인
해 전 재산을 써서, 또 그 윗집
아이는 도박에 빠진 이모를 엄마
가 구제하려다가. 등등.

모든 집안들이 갖가지 사연을 가
지고 있었고 그들의 이야기는 아
버지가 말한 노력과는 전혀 상관
이 없었다. 오히려 그들은 빈곤
을 벗어나기 위해 어느 누구보다
더 노력하고 있었다.

딸은 빈민가의 이야기를 아버지
에게 전했고 아버지는 다시 자신
의 노력이 얼마나 대단하고 그들
의 노력은 얼마나 하찮은지 이야
기를 하는데 마치 자신의 우월함
을 증명하기 위해 어떤 놈팡이가
필요해 보이는 사람 같았다.

거북이

올해로 서른 살이 된 거북이에
게 전화가 왔다.

내용은 자신이 취업을 했는데,
일이 정말 재미없고 업무 시간
이 괴롭다는 것이었다.

나는 다른 일을 찾아보라고 했
지만 거북이는 그동안 공부한
시간과 비용이 아까워서 다른
일을 할 수 없다는 것이었다.

나는 그런 거북이를 위로했고
잘 타일러 전화를 끊었다.

그리고 올해로 마흔 살이 된 거

북이에게 다시 전화가 왔다.

내용은 자신이 결혼할 예정인
데 지금 연인과는 도저히 맞지
않고 함께 있는 시간이 괴롭다
는 것이었다.

나는 거북이에게 다른 배우자
를 찾아보라고 했지만 거북이
는 그동안 연인에게 들인 돈과
시간 그리고 준비한 결혼식이
아까워서 그렇게는 할 수 없다
는 것이었다.

나는 그런 거북이를 위로했고
잘 타일러 전화를 끊었다.

그렇게 시간이 지나고 더 이상
거북이에게서 전화가 오지 않
았다. 나는 늙고 쇠약해져 죽을
날을 앞두고 있었는데, 나의 소
식을 들은 거북이에게서 편지
한 통이 왔다.

「나는 당신을 저주합니다. 내가 첫 직장을 가졌을 때, 당신은 나를 뜯어말려서라도 퇴직을 권했어야 합니다. 그뿐만이 아닙니다. 내가 결혼식을 앞두고 있었을 때, 당신은 나를 때려서라도 말렸어야 합니다. 당신으로 인해 나는 하루하루를 지옥에서 살고 있다는 것을 알고 계십시오.」

나는 거북이에게 답장을 쓰려 했지만 숨이 도와주질 않아 답장을 쓰지 못한 채 죽고 말았다.

시간이 지나 하늘에서 거북이를 만났을 때 들은 이야기인데, 거북이는 괴로운 일을 하며 사랑하지 않는 사람과 사는 지옥과 같은 삶을 오백 살까지 살았다고 한다. 그러니까 40년까지의 삶이 남은 460년의 삶을 지옥으로 이끈 것이다.

，

YOLO

열심히 식량을 옮기는 개미를 향해 바이올린을 켜던 베짱이가 말했다.

"개미야 너는 왜 맨날 일만 하는 거야? 인생은 한 번뿐이라고, 인생을 즐겨."

베짱이의 말을 들은 개미가 잠시 생각을 하더니 베짱이에게 말했다.

"한 번뿐인 인생을 망칠 순 없잖아."

베짱이는 개미의 말에 바이올

린을 내려놓고 말을 이었다.

"개미야, 그런 쓸데없는 걱정이 문제인 거야. 너는 걱정을 좀 버려야 해."

베짱이의 말을 들은 개미가 식량을 가리키며 말했다.

"그 걱정을 버리려면 나는 일을 해야 해. 걱정이 있으면 인생을 즐길 수도 없잖아."

베짱이와 개미는 해가 질 때까지 논쟁을 벌였고 끝내 결론을 짓지 못한 채 각자의 집으로 돌아갔다.

하마의 참견

벌새는 조언이 필요할 때면 자신이 생각하는 지혜로운 동물인 두루미, 여우, 다람쥐들을 찾고 부지런히 묻고 다녔다.

그러던 어느 날 벌새의 고민을 들은 늙은 하마가 벌새를 찾아가 그의 고민에 대해 조언을 하기 시작했다.

하마에게 조언을 구한 적 없던 벌새는 적잖이 당황했지만 굳이 조언을 해주는 하마의 성의를 무시할 수 없어 차분히 하마의 조언을 들었다.

하지만 하마의 조언은 이미 두
루미와 여우, 다람쥐에게 들은
것들이 대부분이었고 벌새에겐
마땅히 도움이 될 만한 정보는
없었다.

하마는 모르고 있었다. 벌새는
조언이 필요할 때면 자신이 생
각하는 지혜로운 동물을 찾아
간다는 사실을.

곰

산에서 새의 부리 비슷한 나뭇
가지를 입에 달고 높은 바위에
서 떨어지기를 반복하는 곰을
만났다.

나는 곰의 기이한 행동이 궁금
해 그에게 이유를 물었고 곰은
입에서 나뭇가지를 떼며 대답
했다.

"새라고 혹시 알아? 우리 숲에
선 부리가 있고 하늘을 나는 동
물을 새라고 불러. 그런데 그
새라는 것이 되면 이 숲에서 가
장 자유로운 존재로 인정을 해
주지. 물론, 나도 나름 자유로

운 존재이긴 한데 아직 새가 되
려면 멀었어."

나는 그의 말이 이해가 가지 않
아 되물었다.

"그러니까 너는 새가 되려는 거
야?"

곰은 언성을 높이며 대답했다.

"말했잖아, 새가 되고 싶다고.
새가 되면 가장 자유로운 존재
로 인정을 해준다니까?"

나는 곰의 말을 잘못 들은 것
같아 다시 곰에게 물었다.

"그러니까, 부리 있고 하늘을
나는 것을 보고 새라고 부르니
까 지금 부리를 만들고 하늘을
날아서 새가 되겠다는 거야?"

곰은 다시 묻는 나를 빤히 쳐다
보더니 대답할 가치를 느끼지
못한다는 표정을 짓고 다시 나
뭇가지를 입에 매단 채 바위에
서 뛰어내렸다.

,

아들과 아버지

아버지는 아들에게 늘 꿈이 있어야 한다 말했고 아들은 아버지에게 꿈에 대해 이야기했다.

"아버지, 저 꿈이 생겼어요. 저는 항해사가 되고 싶어요. 챙넓은 모자를 쓰고 나침반으로 항로를 잡거나 망원경으로 바다를 살피며 두 팔을 펼쳐 키를 잡고 드넓은 바다를 건너 새로운 세계를 발견하고 싶어요."

아버지는 즐거워하며 대답했다.

"그래, 드디어 우리 아들에게 꿈이 생겼구나. 꿈은 좋은 것이지. 그럼 항해사가 되거라."

아버지는 항해사가 되겠다는 아들을 응원하며 항해사 학원을 보내주었다.

항해사 학원을 곧잘 다니던 아들은 몇 달이 지나 항해사 학원을 뛰쳐나와 아버지에게 말했다.

"아버지, 저는 항해사가 되고 싶은데 항해사 학원에서는 넓은 챙의 모자를 쓰지 않아요. 그뿐이 아니에요. 해도 보는 법은 가르쳐주지도 않고 몇 달째 어렵고 쓸데없는 것만 가르쳐주고 있어요."

아버지는 웃으며 대답했다.

"아들아, 항해사가 되려면 그런 것들을 배워야 한단다."

아들은 다시 입을 삐죽 내밀며
아버지에게 말했다.

"저도 알아요, 그래서 너무 괴
로워요. 지금 하기 싫은 이것들
을 해야지 항해사가 된다고 하
는데, 저는 해낼 자신이 없어
요. 다른 방법이 있는지 찾아봐
야겠어요."

아들의 말을 들은 아버지는 포
기하지 않고 다른 방법을 찾겠
다는 아들이 내심 대견스러웠
다. 그리고 몇 년이 지나 아들
이 다시 아버지에게 말했다.

"아버지, 다른 방법을 찾아봤지
만 도저히 방법은 없었어요. 아
무래도 항해사를 포기해야 할
까 봐요."

아버지는 포기해버린 아들이
실망스러웠지만 내색하지 않고

아들의 다른 계획을 들어보기
로 했다.

"그동안 많은 생각을 해봤는데,
저 아무래도 요리를 좋아하는
것 같아요. 요리를 만드는 시간
은 물론, 완성된 요리를 누군가
에게 내어줄 때 진정 살아있음
을 느껴요, 아버지."

아버지는 요리사 모자 때문이
아니라 요리하는 즐거움 때문에
요리사가 되고 싶다는 아들이
진정 반가워서 아들을 응원하며
요리사 학원에 보내주었다.

아들은 요리사 학원을 우수한
성적으로 수료하였고 어느 한
레스토랑에 취직하게 되었다.

그리고 몇 년이 지나 아들은 다
시 아버지에게 찾아와 말했다.

"아버지, 저는 도대체 언제 칼을 잡을 수 있을까요? 이곳에서는 학원에서 배운 것들을 단 한 번도 한 적이 없어요. 어쩌면 그것들을 이미 잊어버렸을지도 몰라요. 지금의 저는 그저 잡일꾼 같아요."

아버지는 아들의 불평에 대답했다.

"아들아, 그 과정을 거쳐야 비로소 요리사가 될 수 있는 것이란다."

아버지의 말에 아들이 대답했다.

"무슨 과정을 말씀하시는 거예요? 저는 학원을 다녔고 수료했어요. 그럼 된 것 아니에요? 저는 누구에게도 지금의 과정을 들은 적 없어요. 만약 이런 과정이 있다는 것을 알았다면 저

는 요리사가 되고 싶지 않았을
거예요."

아들의 대답에 아버지는 실망
한 기색을 내비치며 말을 이어
나갔다.

"모든 일에는 과정이 있고, 그
과정을 거쳐야만 결과를 얻을
수 있는 거란다."

아버지의 말에 아들은 대답했다.

"저는 이해할 수 없어요. 저는
요리를 할 수 있어요. 그런데
왜 잡일을 해야 하는 거죠? 아
버지는 왜 저를 학원에만 보내
셨던 거죠?"

안목

선배 현자가 후배 현자에게 말
했다.

"자네가 저 여자와 결혼하겠다
면 나는 도저히 축복해줄 수가
없네."

자신의 결혼을 반대하는 선배 현
자를 향해 후배 현자가 물었다.

"무슨 이유로 선배님은 제 결
혼을 그토록 반대하시는 겁니
까?"

후배 현자의 물음에 선배 현자
는 인상을 찌푸리며 대답했다.

"그녀의 옷차림은 허영이 가득하고 눈빛에는 이기심이 차있지. 그뿐이겠는가, 그녀의 손은 노동의 신성함을 모르는 손이었네. 물론 그녀의 뛰어난 아름다움에 자네가 현혹될 수 있다는 생각은 드네만. 그녀와 결혼한 이후의 자네 삶이 걱정되네. 어찌 자네는 평생 반려자를 겉모습만 보고 판단하려 하는가."

선배 현자의 말에 후배 현자가 소리 높여 말했다.

"선배님이야말로 지금 그녀의 겉모습만 보고 판단하시는 것이 아닙니까? 제가 사랑하는 그녀는 그런 여자가 전혀 아닙니다."

선배 현자가 다시 말을 이었다.

"사람에게는 인상이라는 것이 존재한다네. 자네는 지금 그녀에게 홀려도 단단히 홀려 있어. 내가 무슨 말을 해도 들으려 하지 않겠지. 어찌 그리 학문을 갈고닦았으면서도 이토록 어리석단 말인가. 설령 지금 그런 모습을 보이지 않는다고 해도 분명 그녀는 언젠가 본색을 드러낼 것이네."

선배 현자는 후배 현자를 향해 혀를 찼고 후배 현자는 알 수 없다는 듯 고개만 갸우뚱거리며 중얼거렸다.

"아니, 겪어보지도 않았으면서 어찌 나보다 그녀를 더 잘 안단 말인가. 선배야말로 자신의 오만함에 단단히 홀려 있구나."

,

공포

데마시아 왕국에는 세상에서 돈이 가장 많기로 소문난 장사꾼이 있었다. 특이한 것은 이 장사꾼이 한 번도 자신의 것을 판 적이 없다는 것이었다. 장사꾼에 대한 소문은 왕궁까지 퍼졌고, 그의 비결이 궁금해진 데마시아 여왕은 그를 잡아들이라 명했다.

"너는 어찌 너의 것을 팔지 않고 그 많은 부를 축적한 것이냐?"

여왕은 직접 장사꾼을 심문하며 그의 대답을 기다렸다.

"감히 제가 무슨 요술을 부려 제 것을 팔지 않고 부를 축적할 수 있었겠습니까. 저는 어릴 적 동방에서 가지고 온 이 차를 팔고 있는데, 소문이 그리 난 것 뿐입니다."

장사꾼의 허무한 대답에 여왕은 실망했지만 대신 동방에서 온 차에 관심을 보이기 시작했다.

"그 차가 도대체 무엇이더냐?"

여왕은 장사꾼을 노려보며 무섭게 질문했지만, 장사꾼은 조금의 두려움 없이 여왕에게 대답했다.

"이 차는 수명을 조금씩 늘려주는 차입니다. 저는 죽는 것이 무서워 이 찻잎을 재배하기 시작했고 늘 이 차를 마시고 있습니다. 여왕님도 만약 죽음이 두려워 수명을 늘리고 싶으시다면 이 차를 드셔 보시지요. 원래 개당 만 골드이나 제가 오천 골드에 바치겠습니다."

죽음이 무서웠던 여왕은 당장 장사꾼의 차를 사고 싶었지만, 그의 말이 사실인지 확인이 불가할 뿐더러 매번 오천 골드를 내기가 아까웠던 여왕은 고민에 빠졌다.

"여왕마마, 장사꾼의 차를 사신 다음 나중에 저 자의 재산을 모두 빼앗으면 그만입니다."

고민에 빠진 여왕에게 한 신하가 다가와 속삭였고 여왕은 장사꾼의 차를 구입하기로 결정했다.

그리하여 장사꾼은 한 달에 한 번 찻잎을 납품하기 위해 왕궁에 들어오게 되었다.

그러던 어느 날 장사꾼은 여왕의 아들과 여왕의 사촌 왕자가 왕 자리를 두고 사이가 좋지 않다는 사실을 알게 되었고 장사꾼은 그 길로 곧장 왕궁 도서관을 거쳐 여왕에게 달려갔다.

"여왕마마, 이 책들은 여왕마마의 사촌 왕자님께서 읽으시는 책입니다. 당연히 여왕마마의 아드님도 이 책들을 읽으셨겠지요?"

장사꾼은 왕궁 도서관 가장 깊숙한 곳에서 마구잡이로 책을 꺼내 표지를 뜯어낸 책들을 들어 보이며 여왕에게 말했다.

"나는 처음 보는 책이로구나. 그런데 그것들을 왜 내게 들이미는 것이냐?"

장사꾼이 사촌 왕자를 언급하

자 심기가 불편해진 여왕이 쏘아붙이듯 말했다.

하지만 장사꾼은 여왕의 어투에 아랑곳하지 않고 여왕을 향해 걱정스러운 말투로 대답했다.

"저런, 그럼 여왕마마의 아드님은 사촌 왕자님보다 학문이 부족하겠군요. 여왕마마 아드님이 사촌 왕자보다 부족한 것이 두렵지 않으십니까? 궁 밖의 사람들은 자신의 아들이 다른 아들보다 부족한 것을 가장 겁내하고 있기에 감히 여쭙니다."

장사꾼의 말대로 여왕은 자신의 아들이 사촌 왕자보다 부족한 것이 두려웠다. 그리고 그 두려움은 여왕의 표정에 여실히 드러났다.

"여왕마마 그럼 이렇게 하면 어

떻겠습니까? 원래 십만 골드 하
는 이 책들을 제가 오만 골드에
바치겠습니다."

여왕은 오만 골드라는 어마어
마한 금액에 당황했지만 자신
의 아들이 사촌 왕자보다 부족
한 것을 참을 수 없었고 어차피
나중에 장사꾼의 전 재산을 뺏
으면 된다는 생각에 장사꾼의
책을 오만 골드에 구입했다.

시간이 흘러 왕궁의 금고는 비
어갔고 여왕은 장사꾼의 재산을
모두 빼앗아야 한다는 생각에
장사꾼을 잡아들이라 명했다.

장사꾼의 집에 들이닥친 군사
들을 본 장사꾼은 지네 한 마리
를 잡아 주머니에 넣은 후 순순
히 밧줄에 묶여 여왕의 앞으로
끌려갔다.

여왕은 장사꾼에게 온갖 누명을 씌우며 전 재산을 몰수할 것을 명했다.

하지만 장사꾼은 조금도 두려워하는 기색 없이 주머니에서 지네를 몰래 꺼내며 말했다.

"여왕마마, 지금 저의 재산 따위가 중요한 게 아닙니다. 이 왕궁에 어찌 지네가 있는 것입니까? 지네는 예로부터 최악의 불운한 기운을 상징하는 존재입니다. 저의 재산이야 여왕마마가 내놓으라 하면 내놓겠지만 이 왕궁의 금고에 들어갔다가 모두 잿더미가 될까 두렵습니다. 여왕마마는 이 불길한 징조가 두렵지 않으십니까? 제게 왕궁의 모든 재산을 맡겨주시면 제가 불안한 기운이 들지 않는 안전한 곳에 보관해 놓겠습니다."

여왕은 불길의 상징인 지네를
무시할 수 없었고 몰수한 장사
꾼의 재산은 물론 왕궁의 모든
재산마저 잘못될까 두려웠다.

겁에 질린 여왕은 장사꾼에게
장사꾼의 재산은 물론 왕궁의
재산까지 맡기기로 결정했다.

얼마 후,

장사꾼은 데마시아 왕국에서
자취를 감추었다.

좋은 거짓말

자라는 용왕의 명을 받아 토끼
간을 찾기 위해 물 밖으로 나왔
다. 하지만 육지에는 용왕이 말
한 빛나고 탐스러운 토끼 간은
없었고, 대신 썩고 냄새나는 토
끼 간뿐이었다.

자라는 깊은 고민에 빠졌다.

빛나고 탐스러운 토끼 간을 기
다리며 즐거워할 용왕에게 썩
고 냄새나는 토끼 간을 가져간
다면 분명 크게 실망할 터였다.

깊이 고민하던 자라는 한 가지
방법을 찾았다. 그 방법은 썩고

냄새나는 토끼 간에 별빛과 과일을 발라 빛나고 탐스러운 간으로 둔갑시키는 것이었다.

자라는 용궁으로 돌아가 용왕에게 토끼 간을 바쳤고 토끼 간을 본 용왕은 세상을 다 가진 듯 즐거워했다. 자라는 용왕의 사랑을 듬뿍 받았고 더 높은 관직을 받기도 했는데 무엇보다 자라는 실망하지 않고 즐거워하는 용왕의 모습에 큰 행복을 느꼈으며 자신의 거짓말이 좋은 거짓말이라는 사실에 기특해 했다.

며칠 뒤, 용왕은 썩은 토끼 간을 먹고 죽게 되었다.

자라는 자신이 한 거짓말 때문에 용왕이 죽었다고 생각하니 눈물이 멈추질 않았는데 자라의 눈에서 나온 눈물이 자라에게 말을 하였다.

"네가 한 거짓말은 좋은 거짓말
이었잖아, 괜찮아. 물론 너에게
'좋은'이지만."

,

몽상가

어느 젊은이에게 사람들이 앞으로 어떻게 살 것인지 물었다.

젊은이는 구름에 집을 짓고 살 것이라고 말했고 사람들은 젊은이를 몽상가라고 부르기 시작했다.

하지만 젊은이는 자신이 헛된 꿈을 꾸고 있다고는 조금도 생각하지 않았고, 이성적으로 충분히 실현 가능한 꿈이라고 생각했다. 오히려 젊은이는 자신을 몽상가라 부르는 사람들을 겁쟁이라 지탄했다.

오랜 시간이 지나, 어느 날 젊은이는 구름에 집을 지을 수 없다는 사실을 알게 되었고 큰 충격에 빠져 헤어 나오지 못한 채 같은 말을 반복했다.

"내가 정말 몽상가였다니."

사람들은 드디어 몽상가가 꿈에서 깨어났다며 젊은이를 비웃었다. 젊은이는 지금껏 자신이 흘려보낸 허무한 시간을 탄식하며 자신의 헛된 꿈에 관한 이야기를 글로 쓰기 시작했다.

시간이 지나 젊은이의 이야기는 소설로 출간되었고 그의 소설에 영감을 받은 한 건축가는 100층이 넘는 빌딩을 지어 맨 꼭대기 집으로 젊은이를 초대했다.

젊은이가 맨 꼭대기 집에 들어

서자 건축가는 '초고층 건물의 시대'라고 적힌 일간지와 창밖에 낮게 뜬구름을 가리키며 말했다.

"당신의 헛된 꿈이 새로운 시대를 열었네. 이 집을 당신에게 주지."

젊은이는 감격했지만 이 빌딩은 자신이 지은 것이 아니라며 건축가에게 말했다.

"하지만 이 빌딩을 지은 것은 당신입니다. 저는 그저 헛된 꿈만 꾸었을 뿐입니다."

젊은이의 말에 건축가는 웃으며 말했다.

"헛된 꿈을 꾸는 것이 중요한 것일세. 실현 가능한 꿈은 현재의 세상에 머물지만, 헛된 꿈은 새로운 세상을 만드니 말이야."

돈과 행복

어느 날 마을에서 가장 부자인 노인이 앞마당에서 화폐를 태우고 있었다. 나는 노인이 드디어 치매에 걸렸다 생각하여 헐레벌떡 노인에게 달려갔다.

"할아버지 지금 뭐 하시는 거예요! 이건 돈이라고요, 이걸 왜 태우시는 거예요!"

헐레벌떡 달려온 나를 노려보며 노인은 말했다.

"알고 있다. 이 녀석아, 그래서 태우는 것이다. 너는 아직 어려서 이 돈이란 것이 악마의 배설

물임을 모르는 것이다."

나는 여전히 노인이 미친 소리를 하고 있다고 생각했다.

"그게 무슨 말이에요, 돈은 행복과 바꿀 수 있단 말이에요. 도대체 왜 돈이 악마의 배설물이라는 거예요!"

노인은 한숨을 쉬며 내게 말했다.

"나는 이 돈 때문에 소중한 사람을 모두 잃었다. 돈을 버느라 아픈 부모를 몰라봤고 가족을 돌보지 않아 모두 나를 떠나갔다. 그뿐만이 아니다. 돈을 빌려 달라는 친구들에게 돈을 빌려주지 않았더니 그들은 나를 떠나갔다. 나는 나의 돈을 뺏길까 두려워 모두를 멀리했고 결국 혼자가 되었다. 이 모든 것이 돈 때문이 아니고 무엇 때문이란 것이냐."

나는 노인에게 말했다.

"그때 행복이랑 교환했어야죠!
교환하지 않은 건 할아버지인
데 왜 돈 탓을 하는 거예요! 이
제부터라도 교환하세요. 돈을
행복으로."

,

숲에 대하여

숲의 멋있는 나무들은 왜 외국
산이지? 숲의 나무들을 국내산
과 외국산으로 구별하는 기준
이 뭐지? 숲의 어디까지 국내고
어디까지 외국이지? 그건 누가
정하는 거지?

나무꾼으로 인해 나무가 베어지
면 나무는 어디에 쓰이는 거지?

그 역할이 숲의 나무보다 좋은
역할인지? 이런 것들은 숲의 누
가 가르쳐 주는지?

숲의 동물들은 정말 다들 친하
게 지내는지? 호랑이와 토끼가

대화할 때 여우가 번역을 해주
는지?

숲은 어떻게 우는지? 숲에도 번
화가가 있는지? 숲에 살기 위해
선 자격이 필요한지?

숲은 무엇을 먹고 사는지? 숲의
시상식에서 대상은 누가 받는
지? 벌레는 주류인지? 비주류
인지?

숲에서 나무들은 뼈인지? 살인
지? 숲의 물은 호수가 되고 싶
은지? 강이 되고 싶은지?

숲에도 교통 신호가 있는지? 별
들은 숲을 언제까지 두고 볼 것
인지? 숲은 역사를 어떻게 기록
하는지?

아버지의 목소리

좋은 회사에 들어가기 위해 인
생을 걸어 매일 밤낮으로 공부
를 했고 원하는 회사에 들어와
매일 밤낮으로 일을 했다. 언제
나 어제와 같이 일을 했고 내일
은 오늘과 같이 일을 할 것이
다. 나의 계획표는 늘 빼곡했고
완벽했다. 나는 또래 친구들보
다 좋은 집에서 일어나 좋은 차
를 타고 출근을 했다.

그러던 어느 날 하늘에서 목소
리가 들렸다.

"더는 재미없어서 못 보겠구나."

어린 시절, 나를 늘 지켜보겠다
는 유언을 남기고 돌아가신 아
버지의 목소리였다.

결정권

악어새가 말했다.

"악어님, 저 이번 주까지만 일
하고 그만둘게요."

그러자 악어가 말했다.

"안 돼, 가뜩이나 요즘 일손이
부족한데 갑자기 그만둔다니 무
슨 소리야. 조금만 더 일해줘."

악어새는 용기 내어 악어에게
말했지만 악어에게는 통하지
않았고 악어새는 악어를 설득
할 다른 방법을 생각했다.

일주일이 지난 후 악어새가 말했다.

"악어님, 저 몸이 안 좋아서 이번 주까지만 일할 수 있을 것 같아요."

그러자 악어가 말했다.

"몸이 좋지 않으면 며칠 쉬고 와, 휴가를 줄 테니까. 조금 더 일하기로 나와 약속했잖아."

악어새가 일을 마치고 떠나자 하마가 악어에게 다가와 말했다.

"쟤는 왜 자기 인생의 결정권을 네게 넘긴 거야?"

그러자 악어가 웃으며 말했다.

"나도 잘 모르겠어."

둥지로 돌아간 악어새는 자신
이 생각한 방법이 악어에게 통
하지 않자, 근심과 걱정을 가득
안은 채 악어를 설득할 방법을
다시 생각하기 시작했다.

,

멍청이들

대장장이와 그의 아들이 함께 검을 팔고 있었다. 그때 이웃 마을에서 온 스님이 대장간 앞을 지나갔고 대장장이는 이때다 싶어, 스님에게 검 한 자루를 권했다.

"스님! 먼 길을 여행하시는 것 같은데, 검 하나 필요하지 않겠습니까? 언제든지 도적들의 습격에 대비하셔야죠."

스님은 검을 보지도 않고 대장장이에게 웃으며 말했다.

"허허 모든 생명은 존엄한 것인

데, 어찌 제가 감히 검을 휘두
를 수 있겠습니까. 불심으로 마
음을 다하면 도적들도 물러나
겠지요."

스님은 대장간을 지나 시장을
빠져나갔고 대장장이는 아들을
향해 말했다.

"저 멍청한 중 같으니라고, 부
처가 도적들의 칼을 대신 맞아
준다더냐. 저 양반은 별안간 도
적에게 습격 받아 죽을 것이다.
아들아, 너는 저런 생각을 절대
가지면 안 되느니라."

대장장이는 아들의 대답을 채
듣기도 전에 대장간 앞으로 지
나가는 어느 기생에게 검 한 자
루를 권하기 시작했다.

"매월이, 어딜 그리 갑니까. 잠
시 이리로 와서 이 검 한 자루

를 보시오. 날이 당신의 콧날처럼 예쁘지 않소."

기생은 대장장이를 향해 웃으며 말했다.

"어머, 제가 검을 어디다 쓰겠어요, 어찌 그리 무서운 걸 제게 권하십니까."

기생은 손을 흔들며 대장간에서 멀어졌다.

"봐라, 아들아. 저렇게 멍청하니 기생을 하는 거다. 검 쓸 일이 왜 없겠느냐. 이 멋진 검을 높은 대감한테 선물하면 인생 비단길 아니겠느냐? 쯧쯧."

대장장이는 이내 지나가던 농부에게도 검을 권했지만 농부는 검 쓰는 방법도 모른다며 대장간에서 멀어졌다.

"이 마을 사람들은 정말 멍청이 들밖에 없구나. 검술을 모르면 익힐 생각을 해야지, 모른다고 만 하니 한심하구나 한심해."

대장장이의 말을 듣던 아들이 작은 목소리로 대장장이에게 말했다.

"아버지, 만약 저 농부에게 검 이 아니라 쇠스랑을 권했다면 사지 않았을까요?"

아들의 말에 대장장이는 크게 화를 내며 아들을 꾸짖었다.

"이 멍청한 녀석아! 너까지 멍 청하게 굴 것이냐! 이 검 하나 를 팔면 쇠스랑 열 개를 판 것 과 같은데 쇠스랑 따위를 팔고 있겠느냐!"

숲

나는 얼마나 더 자유롭고 싶었
는지 모르지만 숲이 만든 기준
들을 모른 체하고 살았던 때가
있다. 한 번뿐인 내 삶의 행복
을 포기하고 내가 알지도 못하
는 누군가가 만들어낸 기준들
에 충실하며 의무만을 다하며
살고 싶지 않았기에.

그런 나의 모습을 지켜보던 나
무가 내게 말했다.

"지금의 숲이 있기 전, 모두가
사실은 너와 같았단다. 그래서
다른 누군가가 어떤 상태에 놓
이든 각자의 행복이 우선이었

지. 그 행복이 다른 누군가의
행복을 빼앗아가더라도 말이
야. 그런 날들이 지속되다 보니
모두가 느낀 거야. 서로의 행복
이 부딪히면서 서로를 밀어내
고 있다는 것을. 그리고 끝내
는 함께 살아갈 수가 없다는 것
을. 그리고 나누어졌단다. 끝까
지 자신의 행복만을 추구하는
부류와 서로의 행복을 위해 합
의를 시작하는 부류로. 두 부류
의 결말이 어떻게 되었냐고? 서
로의 행복을 위해 합의를 시작
한 부류는 이 숲을 만들었고 행
복하게 살았다고 한다. 그래서
그들의 합의 대부분이 오늘날
까지 전해져 오늘날의 기준들
이 된 것이지. 그와 반대로 끝
까지 합의하지 않고 자신의 행
복만을 추구하던 부류의 결말
은 애석하게도 알 수가 없단다.
그들은 서로가 서로를 밀어내
결국 혼자가 되었고 그들이 행

복했는지 불행했는지 지켜보거나 기억하는 누군가가 아무도 없었으니까. 행복했을 수도 있고 불행했을 수도 있다. 그것은 아무도 모르는 일인 게지. 너는 어떻게 생각하니?"

"만약 저라면 불행할 것 같아요. 사랑받지도, 사랑하지도 못하고 외롭게 결국 그 어느 것에도 기억되지 못하고 사라진다면. 그런데 나무씨, 모두가 행복하기 위해 만든 그 합의가 지금은 이 숲의 기준들이 되었고 저는 숲의 기준들을 지키려다 불행에 빠지게 되었어요. 행복을 위한 합의인데 저는 왜 불행한 거죠?"

"그래, 너의 행복보다 숲의 기준들이 더 중요하면 안 되겠지. 그런데 재미있는 건, 숲의 기준들 안에서의 네 행복이 중요하다는 거야. 그렇기 때문에 우리는 태어나면서부터 부모에게 숲에서 살아가는 방법을 배우고 학교를 다니면서 숲의 기준들을 이해하기 위한 교육들을 받으며 숲 안에서 스스로의 행복을 찾기 위해 숲과 자신 스스로를 끊임없이 공부하는 것이지."

"만약 저의 행복이 숲의 기준들 안에 없다면, 끝까지 숲의 기준들을 무시하고 저의 행복만 좇는다면, 저는 어떻게 될까요?"

"아마도 이웃의 행복과 부딪혀 이웃을 밀어내고 차츰 친구와 연인 그리고 가족을 밀어내겠지. 그들의 행복보다 너의 행복이 더 중요하니까."

"저의 행복만을 생각하다가 오히려 저는 불행해지겠네요. 그런데 나무씨, 이 숲과 타협을 하려고 하니 문득 궁금한 것이 생겼어요. 지금 이 숲의 기준들이 된 합의는 누가 언제 어떻게 한 거죠? 지금의 우리는 그 합의에 왜 동의하는 걸까요? 그저 그 합의가 옳은 것이라고, 동의해야만 한다고 교육받은 건 아닐까요? 그렇다면 과거의 그들의 합의가 과연 지금 시대에도 여전히 옳은 합의일까요?"

"글쎄, 다만 확실한 건, 그대의 질문에 맞게 우리 모두는 끊임없이 새로운 합의를 하고 새로운 기준들을 세워야 한다는 사실이야. 변화하는 이 숲 안에서 우리의 행복을 찾기 위해."

,

숨은 작가 의도

* 조판

본문을 읽다 보면 지면에 비해
활자의 배치가 아주 좁게 설정
되어 있다는 것을 알 수 있다.

물론, 미감을 주기 위해 여백을
많이 주었다고 생각할 수도 있다.

하지만 주어진 면적에서 확연
하게 작은 틀을 만들어 그 틀
안에 내용을 담은 의도는, 우리
모두에겐 좁고 작은 틀이 숨겨
져 있음을 비유하는 데 있다.

제 2 장

광장

희망의 다른 이름들

내가 곡진하게 사랑했던 희망
이여. 아니, 미련이여. 도대체
그대는 왜, 희망이란 이름으로
나를 속여야만 했나요.

나는 당신을 정말 사랑했어요.
당신의 존재에 꿈을 꿀 수 있었
고, 당신이 있었기에 나아갈 수
있었고, 당신이 있었기에 아름다
웠고, 살아갈 수 있었어요.

나는 당신을 믿었어요. 당신의
말대로 미련인 당신을 희망이
라 생각했으니까요. 이름이 무
슨 상관이냐고요? 덕분에 꿈을
꾸었고, 나아갈 수 있었고, 아

름답게 살아갈 수 있지 않았냐
고요?

네. 그랬죠. 하지만 희망이라는
거짓 이름으로 꾸어진 그 꿈 때
문에 오랫동안 괴로웠어요. 수
없이 찾아온, 행복의 선택과 기
회들을 당신의 거짓 이름 때문
에 놓쳤어요. 나에게 남은 건 거
짓 이름으로 날 속인 당신뿐이
었고 그럼에도 당신이 있기에
아름다운 세상이라 착각했죠.

그래요. 모든 것이 거짓이었어
요. 이젠 아무것도 모르겠어요.
내가 뭘 하며 살았는지, 내가
왜 살았는지. 당신은 나를 살게
도 했지만 나를 죽게도 하네요.

그대는 미련. 희망이란 이름으
로 나를 속였죠. 하지만 사람들
은 날 죽인 그대의 이름을 절망
으로 기록하겠죠.

욕심의 집

행복이 욕심에게 말했다.

"욕심님 당신이 이 땅의 집을 다 가지고 계셔서 제가 살 곳이 없어요."

그러자 욕심이 말했다.

"그러면 내 집 한 채를 사거라."

다시 행복이 말했다.

"욕심님의 집은 제게 너무 비싸요. 제게 어울리는 가격으로 깎아주세요."

다시 욕심이 말했다.

"어림없는 소리, 그렇게 싼값에 내 집을 넘길 순 없지. 네가 가진 거을 팔아서라도 내 집에 어울리는 가격을 지불하거라."

행복은 욕심의 말에 좌절했지만 살 곳이 간절히 필요했기에 자신을 열심히 팔아 돈을 모은 행복은 다시 욕심에게 찾아갔다.

"욕심님. 저 돈을 많이 모아 왔어요. 이제 집을 제게 파세요."

그러자 욕심이 말했다.

"행복아, 그 가격으론 어림도 없다. 그동안 시간이 많이 흘렀고 내 집값은 더 올랐단다."

행복은 결국 집을 구하지 못하고 정처 없이 떠돌다 죽음을 맞이했고 욕심도 자신의 집값을 지불할 사람을 찾지 못해 자신의 집에서 외로이 죽음을 맞이했다.

즐거움

어느 여름날, 숭고함이라는 옷
을 입고 길을 걷다가 즐거움이
라는 강을 발견했다.

즐거움이라는 강에 빠져볼까
고민을 하는데, 숭고함이라는
옷이 말했다.

"너 설마 나를 젖게 하려는 건
아니겠지?"

나는 즐거움이라는 강과 숭고
함이라는 옷을 번갈아 보며 고
민했고 잠시 강가에 앉아 발만
담그기로 했다.

"그래, 이 즐거움이라는 강에 들어가는 것은 잠시뿐이지만 숭고함이라는 옷은 계속 입고 있어야 하니까. 발만 담그자."

그때 멀리서 신나게 물놀이를 하고 있는 사내를 보았다. 나는 그가 부러웠고 나의 눈빛을 읽은 즐거움이라는 강이 말했다.

"어이 자네! 자네도 들어오라고. 내 안은 얼마나 시원하고 즐거운지 몰라. 저 사내의 표정을 보라고."

나는 즐거움이라는 강에게 씁쓸한 웃음을 지으며 말했다.

"나도 그러고 싶어. 이 숭고함이라는 옷만 아니라면 말이야. 내가 입은 옷이 저 사내가 입은 옷과 같다면 나도 지체 없이 너에게로 빠졌을 거야."

나의 말을 들은 즐거움이라는
강이 대답했다.

"글쎄, 자네가 입은 옷과 저 사
내가 입은 옷이 다르다는 것을
나는 잘 모르겠는걸?"

즐거움이라는 강이 말을 마칠
무렵 사내가 강에서 나왔고 하
늘 위의 구름들은 방금 강에서
나온 사내를 두고 대화를 나누
었다.

"저 남자의 젖은 모습을 봐. 정
말 추악하기 그지없군."

"글쎄, 나는 자유로워 보이기만
하는걸."

,

친구여

나는 나의 몇 가지 잘못을 알고, 또 몇 가지 잘못은 여전히 모른 채 살아가고 있다. 친구여, 그대는 고귀하고 아름다운 존재여서 나의 더러운 잘못을 보지 못할 것이다. 하지만 그대가 친구라고 부르는 나는 그대와 달리 몇 가지의 잘못을 알고 있다.

친구여, 언젠가 그대가 나의 잘못을 알게 된다면 그대와 나는 더 이상 친구로 남지 못할 수도 있다. 하지만 또, 그대가 나를 계속 친구라 불러준다면 결국 그대는 나의 잘못들을 알게 될 것이다.

친구여, 그렇다. 어쩌면 우리는
친구로 남을 수 없는 사이다.
그대와 나는 속한 세상부터 많
은 것이 다르다. 그대의 세상은
화려하고 높으며 빛나면서 아
름답기 그지없지만 나의 세상
은 투박하며 낮고 빛나지 않으
며 보잘것없다.

친구여, 분명 그대는 부족한 나
를 보듬어주겠지만 나는 그대를
끌어안을 하나의 자격도 없다.

친구여, 나는 그대에게 내가 있
는 지옥을 보여주고 싶지 않다.
하지만 그대가 화려하고 빛나
는 세상에 싫증을 느낀다면 고
귀하고 아름다운 눈을 더럽혀
나의 잘못을 보길 바란다. 만약
그대가 나의 잘못을 보게 된다
면 우리는 친구가 아니게 될 것
이다.

예술

땅이 척박하여 삶이 풍족하지 못한 작은 마을이 있었다. 이곳의 사람들은 대부분 당장의 먹을 것을 구하기 위하여 삭막하고 치열하게 살고 있었다.

이 작은 마을에 한 화가가 있었다. 그는 수년간의 시간 끝에 최고의 작품이라고 자부할 수 있는 그림을 만들게 되었다.

화가는 모두가 자신의 위대한 작품에 대해 놀라 하고 감동할 것을 기대했지만 사람들은 먹고사는 문제에 급급해 그의 작품은 거들떠보지도 않았다.

정말 오랜 시간 공들였던 작품이 무시당하자 화가는 화가 났고 사람들에게 작품 감상을 강요했다.

그러자 사람들은 자신들의 생업을 방해한다며 화가를 고소했고 화가는 결국 이웃 마을로 쫓겨나게 되었다.

이웃 마을로 쫓겨난 화가는 자신의 지난 세월을 한탄하며 깊은 우울에 빠져 있었는데 옆 마을에서 자신들의 마을로 추방된 사람이 화가라는 소식을 들은 사람들이 그림 한 점 받을 수 없는지 간곡하게 부탁했다.

의욕 없던 화가는 간곡한 부탁에 대충 휘갈긴 그림을 내어 주었고 다시 우울에 빠져 있는데 사람들이 박수와 환호성을 질렀다.

"엄청난 메타포다! 굉장한 예술가가 우리 마을에 오셨다!"

힐링

내가 아는 비행기는 행복한 사람
들을 보는 일을 역겨워했다. 그
래서 그는 자신을 위해 행복한
사람들을 태우지 않기로 했다.

그러던 어느 날 비행기는 슬픔에
빠진 사람들을 보는 일 역시 견
디기 힘들게 짜증 난다며 자신의
힐링을 위해 슬픔에 빠진 사람들
또한 태우지 않기로 했다.

드디어 비행기는 평화를 찾았
다며 좋아했다. 하지만 비행기
는 늘 텅 비어 있었다.

,

똥싸개

내가 똥싸개가 된 이유는 이러
하다.

내가 자란 초원에는 자유롭게
뛰어노는 멋있는 말들이 많았
다. 나는 그들을 동경했고 그들
을 닮고 싶었다.

그래서 나는 그들을 관찰했고
그들의 행동을 따라 했다. 그중
에서도 특히 서너 차례 뒷발로
땅을 차는 행동이 더할 나위 없
이 멋있어 보였다.

그때부터 나는 틈만 나면 뒷발
로 땅을 서너 차례 찼는데 그런

나의 모습을 본 초원의 모두는
수군대기 시작했다.

나는 그들의 관심이 좋았고 뒷
발로 땅을 차는 행위를 더욱 자
주 하게 되었다.

그러던 어느 날 어린 말들이 내
게 다가와 '똥싸개'라며 놀려댔
다. 이유를 물으니 뒷발로 땅을
서너 차례 차는 행위는 똥을 싼
다음 흙으로 똥을 덮기 위해 하
는 행동이라고 했다.

나는 그 행위의 이유를 알고 난
후부터는 뒷발로 땅을 차는 행
위를 그만두었지만 이미 초원
에서 나는 똥싸개가 되어 있었
다.

진실, 거짓, 믿음

해변을 걷던 진실은 푸르고 청
량한 바다에 반해 바다에 들어
가길 원했다. 하지만 바다는 이
미 자신 안에 진실이 들어와 있
다며 진실을 거짓 취급했다.

진실은 자신이 진실이라며 억
울해했고, 지금 당신 안에 있는
것이야말로 거짓이라고 큰소리
로 말했다.

하지만 바다는 자신 안에는 거
짓이 들어올 수 없다고 화를 내
며 진실에게 파도를 뿌렸다.

화가 난 진실은 집으로 돌아와

자신의 사진과 거짓의 사진을
챙긴 뒤, 다시 바다를 찾아가
말을 걸었다.

"이봐! 바다, 여기 진실인 나의
사진과 네 안에 있는 거짓의 사
진이 있어, 어때? 이 사진을 보
니 무엇이 진실이고 무엇이 거
짓인지 분간이 가지?"

사진을 본 바다는 다시 한번 파
도를 진실에게 뿌리며 말했다.

"어이! 거짓, 그깟 거짓 사진이
내게 통할 거라 생각했나? 얼마
나 더 파도를 맞아야 정신을 차
리겠는가! 썩 물러가거라 거짓
아."

화가 머리끝까지 오른 진실이
바다를 향해 분풀이로 돌을 던
지려는데 그 순간 바다에서 믿
음이 나와 고개를 들고 웃었다.

그제야 진실은 자신의 적이 거
짓이 아니라 믿음이라는 것을
알았다.

,

꽃과 그림자

화가가 꽃을 보고 말했다.

"저 꽃의 그림자를 봐, 우리는 저 그림자의 움직임을 알아야 해."

화가의 말을 들은 철학가가 말했다.

"꽃은 실재하지 않는 것일지도 몰라, 저 그림자가 진짜 모습일지도."

철학가의 말을 들은 시인이 말했다.

"저 그림자는 꽃의 그리움이야,

우리는 꽃의 슬픔을 노래해야
해."

화가와 철학가, 시인이 그림자
에 관해 이야기하는 동안 꽃은
시들었고 그들은 꽃을 보지 못
했다.

얼룩

유리창 안을 닦고 밖을 닦으려
는데 얼룩까지 손이 닿질 않아
유리창에게 말했다.

"내가 손이 닿질 않아서 그러는
데 밖에는 네가 좀 닦아줘."

그러자 유리창이 내게 화를 내
며 말했다.

"네가 쓸데없이 창 안을 닦아서
창밖의 얼룩이 보이는 거잖아,
왜 쓸데없는 짓을 해서 날 귀
찮게 하는 거야. 그리고 어차피
닦아봤자 비가 오면 다시 얼룩
이 질 텐데 뭐 하러 그 힘든 일

을 내가 하겠어. 그냥 네가 다
시 창 안을 더럽히는 게 효율적
이고 합리적이야."

나는 유리창의 말을 듣고 잠시
생각하다가 다시 창 안을 더럽
혔다.

그제야 창밖의 얼룩이 보이지
않았다.

힐링 2

자신의 힐링을 위해서 모든 사
람을 다 쫓아낸 비행기의 이야
기를 들은 소년은 자신도 힐링
을 위해서 모든 사람을 다 쫓아
내야겠다고 생각했다.

하지만 소년은 애초에 그 누구
도 쫓아낼 공간조차 없었고 어
떻게 힐링을 해야 할까 고민하
던 소년은 모두에게서 탈출하
기로 결심한다.

,

저주가

어머니, 당신의 말이 모두 맞았
습니다.

당신이 말한 그 공부를 하지 않
으면 성공하지 못할 것이라는
말, 당신이 말한 그 일하지 않
으면 가난을 면치 못할 것이라
는 말, 세상이 제 맘대로 되지
않을 것이라는 말, 그 누구도
저를 좋아하지 않을 것이라는
말, 저의 꿈은 허황된 꿈이라는
말까지 모두.

어머니, 당신은 정말 위대한 예
언가입니다. 저의 모든 것을 미
리 아셨습니다. 그런데 이곳에

서 당신 애길 했더니, 나의 어
머니 당신을 위대한 저주가라
고 합니다.

악마의 장치

내 귀는 처음부터 나에게 붙어 있었지만 실은 악마가 붙여놓은 장치가 분명해. 어젯밤 분명 내 집에서 강도의 발소리가 들려, 헐레벌떡 집으로 들어갔는데 강도는 없고 아버지만 있지 뭐야. 하마터면 나는 아버지를 찔러 죽일 뻔했어. 귀가 날 속인 것이지. 그뿐만이 아니야. 무대에서 누구보다 아름다운 모습으로 노래하는 저 여가수의 노래를 듣고 나는 그녀에게 반했지만 노래를 끝낸 그녀는 조금도 아름답지 않았어. 내 귀가 또 나를 속이려 든 거지.

나는 이제 귀를 믿지 않겠어. 하지만 그렇다고 코를 믿을 수 도 없지. 언제인가 태어나서 처 음 맡아보는 맛있는 냄새에 이 끌려 식당에 들어갔는데 그 냄 새는 바퀴벌레들을 태우는 냄 새였어. 하마터면 바퀴벌레를 먹을 뻔했지 뭐야. 그러니 어떻 게 코를 믿을 수 있겠어.

나는 이제 이 두 눈으로 직접 본 것들만을 믿겠어. 강도인지 좋은 사람인지, 맛있는 음식인 지, 진실을 분간할 수 있는 건 눈밖에 없다는 것을 알았어.

눈은 나를 속이지 않겠지. 분명 집에 있던 것은 아버지였고, 무 대에서 내려온 여가수는 좋은 사람이 아니었겠지. 내가 식당 에서 본 것은 바퀴벌레가 맞고 바퀴벌레는 좋은 음식이 아니 겠지.

눈이 나를 속이기 위한 마지막
악마의 장치가 아니라면 말이야.

,

참신함

아무도 하지 못한 생각, 남들과
는 다른 참신함만이 세상의 인
정을 받는 경이로운 것이라고
생각하는 청년이 있었다. 그 청
년은 발표하는 작품마다 참신
하다는 평을 받는 작가를 존경
했는데 어느 날 청년은 그 작가
를 만나게 되었다.

"작가님, 어떻게 하면 매번 남
들과 차별화된 작품을 내놓을
수 있는 겁니까?"

청년은 간절한 눈빛으로 물었
고 그의 간절함을 본 작가는 입
을 열었다.

"그냥, 제가 하고 싶은 것보다
는 남이 하지 않는 걸 했습니
다. 기준을 남에게 두었죠. 그
뿐입니다."

작가의 말을 들은 청년은 더는
참신함만을 좇지 않았다.

나 혼자 산다

인생은 결국 혼자이며 혼자 살
때 비로소 행복하다는 모토를
가진 사람들이 모여, 더불어 사
는 삶이 얼마나 피곤하며 혼자
사는 것이 얼마나 즐거운지에
대해서 아주 즐겁게 이야기를
나누고 있었다.

한데 어울려서.

,

바위들

어젯밤, 길에서 싸우고 있는 바위들을 만났다.

"항상 그 자리에 있겠다고 해 놓고선 왜 내게서 멀어진 거야? 넌 마음이 변한 게 분명해!"

"무슨 소리야! 나는 정말 가만히 있었다니까? 왜 내 말을 믿지 않는 거야! 마음이 변한 건 내가 아니라 너인 것 같아!"

대화 내용인즉슨, 둘은 사랑하는 사이로 늘 변치 않고 같은 자리에서 서로를 사랑하기로 약속했는데 바위 하나가 멀어졌다는 것이었다.

"나는 네가 내 옆에 있는 것만
으로도 행복했는데, 너는 나의
행복을 처참히 무시했어."

"나는 늘 같은 이 자리에서 변
함없이 너를 바라보며 있었어.
우리가 멀어진 이유는 알 수 없
지만, 네가 더 이상 나를 믿지
않는다면 나도 방법이 없어."

두 바위는 결국 다툼 끝에 이별
했고 그들의 사랑과는 관계없
이 땅은 계속해서 움직이고 있
었다.

결혼

나는 사과를 살 돈이 없지만 나
는 그녀를 사랑한다. 하지만 사
과가 없다면 사랑을 할 준비가
안 된 것이다. 나는 사과 없이
그녀를 사랑한다. 하지만 사과
를 주지 않는다면 나의 사랑은
거짓 사랑이 된다. 사랑을 위해
서라면 사과를 구해야 한다. 나
는 사랑을 위해 그까짓 사과를
사야 하지만 나는 사과를 살 돈
이 없고 사과를 못 사는 나는
그까짓 사랑을 포기해야 한다.

,

숟가락과 밥

어느 날 숟가락이 배탈이 났다.
국자는 숟가락에게 배를 위로
향해 드러누우면 통증이 완화
된다고 말해줬다.

숟가락은 침대의 말을 듣고 드
러누웠고 왠지 통증이 약해지
는 것 같았다.

밥은 드러누워 있는 숟가락에
게 뭐 하고 있냐 물었고 숟가락
은 배탈이 나서 아무것도 못 하
겠다고 했다.

하지만 밥은 숟가락의 말을 믿
지 않았다. 보통 배가 아프면

엎드려서 배를 움켜쥐는데 숟
가락은 천장을 보며 드러누웠
다는 이유였다.

숟가락은 밥에게 자신의 통증
을 설명했지만 밥은 끝내 숟가
락의 배탈을 인정하지 않았고
숟가락과 밥의 갈등으로 인해
사람들은 점점 굶어 갔다.

돼지우리의 파리

돼지는 멀리 똥이 가득 찬 우리에 있는 파리를 보았다. 돼지는 똥만 가득 찬 우리에서 나오지 않는 파리가 가여우면서도 한심하게 느껴졌다.

돼지는 파리를 저 똥통에서 구원해야겠다고 생각하며 파리가 있는 우리로 다가갔다.

돼지가 우리로 들어서자 파리가 말했다.

"집의 주인님이 오셨군."

,

불행한 행복

어느 마을에 자신이 가장 행복하
다고 말하는 여자가 있었다.

실제로 그 여자는 자신의 일을
늘 완벽하게 해냈고 돈도 마을
에서 아주 많았으며 마을에서
가장 멋있고 다정한 남자와 결
혼을 하여 모두가 꿈꾸는 아이
를 낳아 항상 웃으며 지냈다.

그런데 마을 사람들은 이상하게
그녀를 부러워하진 않았다.

'오늘도 행복하다, 우리는 행복
하다, 행복한 시간을 만들자, 행
복하기 위해 좋은 장소에 간다,

행복을 위해 물건을 산다, 행복을 위해 먹는다. 나는 정말 행복하다.'라고 자신의 행복을 끊임없이 확인하는 모습이 얼마나 행복을 못 느끼기에 저렇게 행복에 집착할까 하면서.

물론, 그녀를 부러워하는 사람도 있었다. '나도 행복 행복.' 하면서.

밤하늘 대화

별이 말했다.

"인간들은 정말 사랑이 넘치는 것 같아. 매일 밤 우리를 보면서 사랑하는 이의 이름을 부르잖아."

달이 말했다.

"글쎄 우릴 보고 이름을 부른다면 사랑은 아닐 거야. 그리움이겠지."

,

광장에 대하여

광장은 모일 수 있는 곳인가,
모인 곳인가, 꼭 넓어야 하는
가, 아무리 넓어도 꽉 차면 좁
지 않은가.

광장이 중요하다면 왜 오랜 시
간 지난 교육자들은 친구와 몰
려다니지 말라고 했던 것인가.
광장은 나쁜 곳인가.

광장에서 독재자와 살인자가
태어난다면 광장을 폐쇄해야
하는 것은 아닌가.

광장은 폐쇄할 수 있는가, 폐쇄
할 수 없다면 사실 광장은 장

소가 아닌 것 아닌가, 심해에도
광장이 있는가, 그곳에서 상어
와 고등어는 만날 수 있는가.

광장에서 소외된 자는 어디로
가는가, 광장은 겨울에 어떻게
발열을 하는가,

광장이 목소리를 키워 준다던
데 강도를 높여 주는 의미일까
보살펴 준다는 의미인가.

그래서 광장에는 무엇이 있는가.

다음 우주

밤 하늘의 별이 말했다.

"이 우주는 얼마나 크고 넓을까."

별의 말에 달이 대답했다.

"우주는, 우리가 볼 수 있는 만
큼만 크고 넓은 거야."

달의 말에 별은 조금 화가 난
듯 대답했다.

"그게 무슨 말이야! 이 우주는
아직 밝혀내지 못한 비밀이 넘
쳐난다고, 아무도 우주의 끝을
본 사람이 없어!"

조금 흥분한 별을 가라앉히며 달은 차분히 대답했다.

"그러니까, 우주는 우리가 볼 수 있는 만큼만 존재하는 거야, 관측할 수도 없는 곳을 있다고 가정하는 것은 사실 믿음이지. 종교 같은 거라고."

다시 별이 말을 이었다.

"처음에 관측할 수 없었던 곳도 있을지 모른다는 가정으로 손을 뻗었고 실제로 존재하고 있었어. 이렇게 지금까지 우리는 우리의 우주를 넓혀 온 거잖아. 너와 같은 생각을 처음부터 가졌다면 우리의 우주는 정말 좁았을 거야. 우주를 한정 짓지 말자고, 그럼 우리는 우주를 더 알 수가 없을 거야."

지나가던 구름이 별의 말을 듣고 별에게 물었다.

"근데 우주는 하나야?"

작가의 고백

나는 솜 인형이 쓴 글을 본 적
이 있다. 그의 글은 도통 무슨
말을 하려는 건지 알 수가 없었
다. 솜 인형은 자신이 쓴 글을
설명했지만 어린아이들만 즐거
워할 뿐이었다.

나는 허수아비가 쓴 글도 본 적
이 있다. 그의 글 역시 도통 무
슨 말을 하려는 건지 알 수가
없었다. 허수아비 또한 자신이
쓴 글을 설명했지만 놀라는 것
은 까마귀들뿐이었다.

,

살아 있는 자

나도 처음에는 육체가 있었다.
하지만 내가 용서받지 못할 잘못
을 저지르자 신이 말하길, 모두
가 생각하는 가장 소중한 무엇으
로 책임을 져야 한다고 했다.

내가 아무리 큰 잘못을 저질렀
다 해도 나는 나의 가장 소중한
정신을 바칠 순 없었는데 이를
지켜보던 사람들이 신께 말하길
나의 육체를 뺏으라고 했다.

나는 사실 어리둥절했지만 모
두가 제일 소중한 것은 육체밖
에 없다 말하며 신이 나의 육체
를 빼앗아가길 바랐다.

모두가 그렇게 말하고 바라니,
나는 가장 소중한 정신을 모른
체하고 신께 나의 육체를 바치
기로 했다.

육체를 바치는 순간까지 나는
설마 내가 저지른 죄를 이 고깃
덩이로 용서받을 수 있을까 걱
정했지만 신은 나의 죄를 말끔
히 용서해주었다.

여행가들

세계 곳곳을 여행한 여행가들
이 한자리에 모였다.

그들은 서로가 얼마나 위대한
여행을 했는지 이야기하느라
바빴는데 그 누구도 자신이 다
녀온 새로운 세상에 대해 이야
기하는 사람은 없었다.

,

광장

하루 종일 방 안에서 스마트폰
만 하고 있는 아들을 걱정하듯
보며 엄마가 말했다.

"아들아 나는 네가 광장에 나가
서 사람도 만나고 이야기를 나
누며 다투기도 하고 사랑도 했
으면 좋겠는데, 이 좁은 방 안
에서 스마트폰만 쳐다보고 있
으니 걱정이구나."

아들이 물었다.

"광장이 어디죠?"

아들의 물음에 엄마가 대답했다.

"정말 많은 사람들이 모일 수 있어 이야기를 나누며 웃고 떠들고 다투기도 하고 사랑도 나눌 수 있는 넓은 곳이지."

엄마의 대답에 아들이 말했다.

"어머니. 제 손바닥 이 스마트폰 안에는 수만 명. 아니, 물리적인 공간이 갖는 한계를 뛰어넘을 숫자의 사람들이 있어요. 우리는 여기서 언제든지 만나 이야기를 하고 뜻이 맞는 사람들끼리 운동을 벌이거나 맞지 않는 사람들의 논리와 싸우며 거대 담론을 형성하기도 해요. 어머니의 말대로 광장이 그런 곳이라면 걱정하지 않으셔도 돼요. 저는 이미 광장에 있으니까요."

숨은 작가 의도

* 용지

본 도서의 총 페이지 수는 304
이다. 하지만 같은 분량의 단행
본과 비교하면 두께가 더 두껍
고 무게는 더 가볍다.

그 이유는 두껍고 가벼운 용지
를 사용했기 때문인데 이 의도
는 책의 두께와 무게로 책의 가
치를 판단하는 몇몇 사람들에
게 전하는 위트있는 일침 같은
것이다.

제 3 장

사막

상어 회의

깊은 바닷속, 온 동네 상어들이 모였다. 상어들은 바다에 먹이가 점점 줄어들자 방법을 구하기 위해 회의를 연 것이었다.

수많은 상어 무리 속에서 한 상어가 운을 뗐다.

"여러분, 어제도 옆집에 사는 백상어가 굶어 죽었습니다. 이대로라면 우리 모두가 굶어 죽을 수도 있습니다. 무언가 방법을 강구해야 합니다."

홍상어가 말을 이었다.

"제게 좋은 생각이 있습니다. 모두 집에 비축해둔 먹이들과 앞으로 잡을 먹이들을 이곳에 내놓아 평등하게 조금씩 나누어 가지는 것입니다. 그러면 옆집 상어처럼 굶어 죽는 상어는 더 이상 없을 것입니다."

그러자 먹이가 아직 많이 남아 있는 황상어가 말했다.

"그건 옳지 못합니다. 모두가 가지고 있는 먹이의 양이 같은 것도 아니고, 앞으로 잡을 먹이의 양 또한 같으리라는 보장도 없습니다. 그렇다면 먹이를 많이 내놓는 상어가 손해인데 뭐가 평등하다는 것입니까."

황상어의 발언에 청상어가 힘을 실었다.

"저도 황상어의 말에 동의합니

다. 만약 아무런 대가 없이 자신의 먹이를 내놓으라 하면 누가 내놓겠습니까. 그뿐 아니라 아무런 노력 없이 먹이를 먹을 수 있다면 누가 노력을 기울여 먹이를 잡으려 하겠습니까. 홍상어의 제안은 근본적인 해결책이 아닙니다."

그러자 홍상어가 다시 말했다.

"애초에 바다의 먹이는 정해져 있는데, 먹이를 잘 구하는 상어들이 그 먹이를 모두 가져가니 먹이를 못 구하는 상어들이 생기는 것 아닙니까. 황상어님과 청상어님이 가진 먹이들은 어쩌면 죽은 백상어가 먹어야 할 몫을 빼앗아 간 것일지도 모릅니다."

홍상어의 말에 화가 난 황상어가 다시 말을 이었다.

"우리가 빼앗다니! 백상어는 우리보다 게을렀기에 먹이를 구하지 못했을 뿐입니다! 본인이 필사적으로 먹이를 구했다면 그는 굶어 죽지 않았을 것입니다!"

홍상어도 화를 참지 못하고 말을 이었다.

"당신네 가족과 청상어 가족들이 먹이가 가장 많이 다니는 길목을 차지하고 있는데! 다른 상어들이 먹이를 못 구하는 것이 당연한 것 아닙니까!"

언성을 높이는 홍상어를 달래며 흑상어가 조심스럽게 입을 열었다.

"여러분, 이 문제는 우리끼리 싸울 문제가 아닙니다. 우리의 바다에는 분명히 먹이가 줄고 있습니다. 아무리 나눈다고 해도 언젠가는 바닥이 나, 모두가 굶어 죽게 되겠지요. 그렇다면 찬란한 역사를 가진 우리 상어들은 멸종하고 말 것입니다. 여러분! 우리의 바다는 먹이가 사라져가고 있지만, 섬 너머 다른 바다에는 먹이가 넘쳐난다는 것을 알고 있습니까? 우리에게는 섬 너머 바다까지 헤엄쳐 갈 수 있는 뛰어난 지느러미와 그곳의 먹이를 쟁취할 수 있는 강한 이빨이 있습니다. 무엇을 더 망설이겠습니까. 물론, 우리가 섬 너머 바다에서 먹이를 취한다면 원래 살고 있던 그곳의 물고기들이 반발을 하겠지요. 어쩌면 그곳의 먹이 또한 부족해져 그곳 물고기들도 우리와 같은 입장에 처하게 될지도 모릅니다. 하지만 그들은 우리처럼 찬란한 역사를 가지지도, 훌륭한 지느러미와 강한 이빨을 가

지지도 못했을 겁니다. 이것들
은 우등한 우리 상어들만의 강
함이니까요. 그렇다면 여러분,
우등한 우리가 멸종하는 것보
다 하등한 그들이 멸종하는 것
이 이 바다를 위해서 더 나은
일 아니겠습니까? 하등한 물고
기들이 배불리 먹고 있는데 우
등한 우리들이 굶주려서야 되
겠습니까?"

흑상어의 연설이 끝나자 장내
는 조용해졌고 모든 상어들의
눈은 살기로 가득 찼다.

중산층

자신들이 숲의 중산층에 속한
다고 말하는 동물들이 한 데 모
였다.

그들의 한 부류는 대게 자신들
이 돈을 좀 가지고 있으며 자신
들이 가진 상품들은 굉장한 가
능성을 가지고 있다고 이야기
했다.

또 다른 부류는 자신들은 돈이
어느 정도 있고 주로 돈 될만한
상품을 찾아다니는 일을 즐겨
하며 자신들이 찾은 상품들은
굉장한 가능성을 가지고 있다
고 말했다.

마지막 한 부류는 중산층이 돈
이 있어봤자 푼돈이며 그들이
가지고 있는 가능성 상품이라
해봤자 상류층에선 쳐다보지도
않는 상품이며 그 가능성도 자
신들의 상품을 가치 상승시켜
팔려 하는 꾀 같은 거라고 말한
다.

중산층의 이 세 부류는 서로 무
시하고, 불신하고, 혐오하고, 경
멸하며 몇 시간 동안이나 쉬지
않고 싸우다 밤이 돼서야 각자
의 집으로 돌아갔다.

그리고 다음날 이 중산층의 세
부류는 모두 은행으로 가서 서
로의 상품을 사기 위해 대출을
받았다.

법

어느 날 뱀이 말했다.

"잠깐? 종달새는 먹어도 됐었나?"

그러자 여우가 말했다.

"종달새는 안 될걸? 개구리 먹어, 개구리 먹는 건 합법이니까."

다시 뱀이 말했다.

"참 웃기지. 똑같이 시끄러운데 종달새 울음소리는 노래고 개구리 울음소리는 소음이라니."

뱀은 종달새를 먹지 않았고 개

구리만을 찾아 헤맸다. 그러던 어느 날 여우가 종달새를 먹는 것을 보고 뱀이 소스라치게 놀라 말했다.

"너 지금 무슨 짓을 하는 거야! 종달새를 먹다니, 그건 위법이라고!"

놀란 뱀을 진정시키며 여우가 말했다.

"이 아둔한 친구를 보게. 종달새도 합법이야, 이제 먹어도 된다고."

뱀은 알 수 없다는 표정으로 말했다.

"그럼 그동안은 왜 불법이었던 거지?"

여우는 머리를 긁적이며 대답했다.

"처음엔 노랫소리 같았는데, 이
제 종달새의 울음소리도 시끄
러워서가 아닐까?"

뱀이 말했다.

"누가?"

,

개미가족과 베짱이

꽃이 피는 봄에도, 무더운 여름
날에도, 온 숲이 화려한 가을에
도 부지런히 일만 하던 개미 가
족은 겨울을 맞이했다.

겨울의 땅은 척박했고 숲의 아
이들은 먹을거리가 없어 굶어
갔지만 개미의 집만은 예외였
다. 개미는 그간 부지런히 일을
했기 때문에 개미의 집 아이들
은 풍성한 먹을거리를 즐길 수
있었다.

이 소식을 듣게 된 개미의 집
주인 거미는 임대료를 열 배 올
렸고 개미들은 집세를 지불하

느라 그간 모았던 식량을 다 쓰
게 되었다.

개미 가족은 높아진 임대료를
내기 위해 더욱 열심히 일했지
만 결국 감당할 수 없는 수준이
되자 은행에서 대출을 받았고
이 빚을 갚을 수 있는 방법은
더욱 열심히 일하는 것밖에 없
다며 작년보다 더 열심히 일을
했다.

그렇게 쉬지 않고 일을 하다 보니
아빠 개미는 병에 걸리게 되었고
얼마 가지 않아 죽고 말았다.

다행이라고 해야 할까, 그간 개
미 가족은 식량의 일부로 보험
을 들어놨는데 아빠 개미의 죽
음으로 보험금을 받게 된 것이
다. 그렇게 개미 가족은 작은
집을 얻게 되어 이사를 했고 새
로운 시작을 하게 되었다.

시간이 지나고 어느 날 개미 가족의 옆집에서 듣기 좋은 소리가 들렸다. 아들 개미는 무슨 소리인지 궁금해 옆집으로 갔고 흥겹게 노래를 부르는 베짱이를 만나게 되었다.

아들 개미는 베짱이에게 노래를 어떻게 하는 것인지 물었고 심심했던 베짱이는 아들 개미에게 노래를 알려 주었다.

그날부터 아들 개미는 열심히 노래를 불렀고 어떻게 하면 더 좋은 노래를 부를 수 있을지 연습을 했다.

그런 아들 개미의 모습을 본 베짱이는 뭘 그렇게 열심히 하냐며 노래는 놀 때나 부르는 거라고 말했다.

그런 베짱이의 말에도 아들 개

미는 꽃이 피는 봄에도, 무더운
여름날에도, 온 숲이 화려한 가
을에도 부지런히 노래를 연습
했다.

아들 개미의 노래 실력이 온 숲
에 퍼지자 숲의 모두가 아들 개
미에게 식량을 주며 공연을 해
달라고 부탁을 했다.

아들 개미의 공연 소식을 들은
베짱이는 심술이 났고 자신이
아들 개미보다 더 노래를 잘 한
다며 소문을 냈다.

베짱이의 소문을 들은 거미가
베짱이를 찾아와 노래를 요청
했고 베짱이는 힘껏 노래를 불
렀다.

하지만 베짱이의 노래는 그저
흥얼거리는 수준에 불과했고
자주 부르지 않은 탓에 중간중

간 듣기 싫은 쇳소리도 났다.

거미는 베짱이에게 속았다며 화를 냈고 베짱이는 더 잘할 수 있다고 기회를 달라고 했지만 거미는 뒤도 돌아보지 않고 그 곳을 떠났다.

숲속의 누구도 더 이상 노래를 듣기 위해 베짱이를 찾지 않았 고 오직 아들 개미의 노래만을 찾았다.

숲은 다시 척박한 겨울이 찾아 왔다. 숲의 아이들은 먹을거리 가 없어 굶어 갔지만 개미의 집 은 예외였다. 아들 개미가 그간 부지런히 공연을 하며 식량을 모았기에 개미 가족은 풍성한 먹을거리를 즐길 수 있었다.

이 소식을 듣게 된 거미는 개미 의 집으로 찾아가 아들 개미에

게 유튜브 사업하자고 제안을
하며 지금 보다 열 배는 더 돈
을 벌게 해준다고 약속을 했다.

지금보다 열 배는 더 돈을 벌
수 있다는 소리에 아들 개미는
거미와 계약을 했고 아들 개미
는 거미와의 계약대로 열심히
일을 해서 열 배 더 돈을 벌게
되었다.

그리고 다음 해, 봄. 거미는 새로
운 건물을 지었다.

피해자

내가 어떻게 피해자가 되었는
지, 내게 묻지 마라. 내가 피해
자라는 것은 누군가 내게 피해
를 입혔다는 것이기에 내가 아
닌 그들에게 물어야 하는 것.

내가 알고 있는 것은 그들의 자
유이다. 하지만 그들이 나의 권
리를 알고 있는지는 그들에게
물어라.

당신들은 여전히 인과관계를 들
먹이며 나에게서 이유를 찾으려
할 것이다. 그리고 나에게서 이
유를 찾은 당신들은 마음속으로
그들과 공범이 될 것이다.

나의 이유는 문제의 문제가 되
고, 피해의 이유는 개선사항이
된다. 내게 피해를 입힌 그들은
어느새 아득히 잊힌 채.

진실

앞이 보이지 않는 숲. 칠흑 같
은 어둠의 숲에서 웃음소리가
들린다. 비명소리도 들리고 울
음소리도 들린다.

그러다 갑자기 숲에 달빛이 들
었고 동시에 모두가 부끄러움
에 절규했다.

"이게 우리의 모습이라고? 그
럴 리 없어! 제발 우리를 비추
는 저 달빛을 없애줘!"

,

별난 호랑이와 사슴들

아주 옛날부터 호랑이는 강한 힘을 가지고 있었고 모든 동물은 호랑이에게 굴복하며 지냈다.

그러다 보니 지금의 호랑이들은 싸울 필요도 없이 숲속을 멋대로 뛰어다녔고 닥치는 대로 다른 동물을 잡아먹을 수 있었다.

숲속의 동물들은 자신들의 아이들에게 호랑이를 만나면 무조건 도망가거나 잡힌다면 납작 엎드려서 목숨을 구걸하라고 가르쳤다. 아주 간혹 더는 이렇게 못 산다며 호랑이에게 덤볐다가 잡아먹히는 동물들도 있었다.

그렇게 호랑이가 숲을 지배하는 시간이 계속되자 숲은 과거와 달리 활기를 잃었고 갈수록 호랑이들 또한 외로운 생활이 즐겁지 않아졌다.

그 지루한 시간 속에서 자신들의 잘못을 뉘우치는 호랑이들이 등장했고 자신들의 힘을 조금 더 가치 있는 곳에 쓸 수 있지 않을까 고민하는 호랑이들도 생겨났다.

다른 동물들에게 도움을 주고 싶었던 한 호랑이는 사슴을 찾아가 자신은 다른 호랑이들과 다르다고 자신이 가진 것을 나눠주며 설득했고 자신의 힘을 이용해 다른 호랑이들로부터 보호해주며 사슴이 어려운 일이 있을 때마다 도와주었다.

오랜 시간 자신의 진심을 보여준 호랑이는 사슴뿐만 아니라 다른 동물들과도 친하게 지냈고 이 모습을 본 다수의 호랑이들은 자신들의 사냥에 방해가 되는 별난 호랑이를 처단할 것을 요구했다. 하지만 몇몇 호랑이들은 사슴과 친한 별난 호랑이를 보며 어쩌면 다 같이 살기 좋은 숲을 만들 수도 있겠다는 희망을 갖기도 했다.

호랑이들 사이에서 별난 호랑이를 두고 논쟁을 벌였고 호랑이들의 논쟁은 숲 전체로 퍼지기 시작했다.

숲속의 동물들은 별난 호랑이가 지금은 우리와 친하지만 언제 돌변할지 모른다거나, 별난 호랑이가 그저 우리를 위하는 척 위선을 떠는 것이라거나, 우리를 더 착취하기 위해 속이는 것이라는 등. 소문이 무성했다.

숲 속은 당분간 별난 호랑이에 대한 이야기로 가득했다. '그럼에도 별난 호랑이는 우리 편이다, 아니다. 별난 호랑이도 결국 무자비한 호랑이에 불과하다.'라는 의견이 주를 이루며 첨예하게 대립했다.

그러던 어느 날 별난 호랑이가 어린 시절 아버지가 잡아 온 사슴을 먹고 자랐다는 사실이 알려지자 숲속 대부분의 동물은 별난 호랑이에 대한 배신감에 분노가 일었다.

별난 호랑이를 감싸던 숲속의 동물들과 다 같이 좋은 숲을 만들기 희망했던 호랑이들은 별난 호랑이를 대신해 해명했지만 배신감에 휩싸인 동물들의 분노를 잠재우기에는 역부족이었다.

결국 숲속의 동물들은 별난 호랑이를 처단하자는 결론에 이르렀고 별난 호랑이는 다른 동물들을 제압하기에 충분한 힘을 가졌지만 묵묵히 그들의 처단을 받아들였다.

별난 호랑이를 감싸며 다 같이 살기 좋은 숲을 만들기 희망했던 호랑이들은 이 소식을 접하자 다들 조용히 자신들의 굴로 숨어 들어갔고 별난 호랑이를 못마땅해 하던 대부분의 호랑이들은 지금의 결과를 예측이라도 한 듯 아주 만족스러워하며 그간 별난 호랑이 때문에 사냥하지 못한 사슴들을 사냥하기 시작했다.

숲에는 오랫동안 사슴들의 비명이 이어졌고 살기 좋은 숲을 만들자던 호랑이들은 한 마리도 굴에서 나오지 않았다.

숲속의 동물들은 사슴이 별난 호랑이와 유독 친했기 때문에 사냥을 당하는 것이라며 불쌍해 했고 몇몇은 사슴이 멍청해서 앞을 내다보지 못한 것이라며 비웃기도 했다.

살아남은 사슴들은 이 모든 비극은 별난 호랑이 때문이라며 별난 호랑이의 무덤에 똥을 누었고 그것도 모자라 별난 호랑이의 무덤을 변소로 지정하였다.

그 후로 별난 호랑이는 오랫동안 조롱거리가 되었고 이 광경을 지켜보는 숲속 누구도 별난 호랑이처럼 약한 동물을 위해 힘을 쓰려 하지 않았다.

많은 시간이 지난 오늘날, 별난 호랑이의 무덤은 호랑이를 처단했던 과거 사슴들의 용맹함을 기념하는 곳이 되었다.

토끼와 거북이

해변에서 온 동물들이 한데 어우러진 파티가 한창이었다.

파티가 무르익을 때쯤 해변에서 뛰어노는 토끼의 모습을 본 갈매기가 말했다.

"이야! 토끼 녀석, 엄청 빠른데? 바다에서 제일 빠르다는 거북이와 시합해도 이기겠어!"

갈매기의 말에 코끼리가 말했다.

"거북이가 바다에서 아무리 빨라도 토끼는 이길 순 없을걸?"

코끼리의 말을 들은 문어가 다시 말을 이었다.

"그건 시합을 해봐야 아는 거지! 그럼 우리 토끼와 거북이 달리기 시합을 열면 어때?"

모든 동물들은 토끼와 거북이의 달리기 시합을 열 생각에 즐거워했다. 마침내 토끼와 거북이의 달리기 시합을 알리는 독수리의 목소리가 울려 퍼졌다.

"자 여러분, 이 해변에서 출발해 다람쥐네 창고에 있는 도토리를 먼저 가지고 돌아오는 쪽이 이기는 겁니다."

육지동물들의 성화에 못 이겨 출발선에 서긴 했지만 토끼는 이 시합을 왜 해야 하는지 이유를 몰랐고 거북이와 싸우고 싶은 마음이 없었다.

"거북이야, 나는 너와 싸우고 싶은 마음이 없어. 나는 천천히 달릴 테니 네가 이 시합을 이겨도 돼."

토끼의 말을 들은 거북이가 말했다.

"겁쟁이 녀석, 무엇이 그렇게 무서워서 나와 싸우길 피하는 것이냐!"

거북이의 말이 끝나자마자 출발신호가 울렸다.

토끼는 동물들의 시선이 닿지 않는 곳까지 힘차게 내달렸다.

숨도 쉬지 않고 달리는 토끼를 본 바람이 토끼에게 물었다.

"토끼야, 무슨 일이 있니? 어딜 그리 급하게 가는 거야?"

바람의 물음에 토끼가 멈춰 서서 대답했다.

"온 동물들이 나와 거북이에게 달리기 시합을 붙였어. 하지만 나는 거북이와 싸울 마음이 없어."

토끼의 말을 들은 바람이 말했다.

"싸울 마음이 없는데 왜 이렇게 빨리 달리는 거야?"

토끼는 다시 말을 이었다.

"내가 천천히 달리면 동물들이 실망할 테니까, 그들이 보는 곳까지만 달리고 그들이 보지 못하는 이곳에서는 쉬려고 해."

토끼의 이마에 맺힌 땀방울을 닦아주며 바람이 말했다.

"그런데 달리기 시합은 왜 하는 거야?"

토끼가 대답했다.

"나도 잘은 모르겠는데, 동물 친구들한테 볼거리가 필요한가 봐. 내가 달릴 때 얼마나 힘든 지도 모르고."

토끼의 말이 끝나자 거북이가 모습을 보였다.

"토끼 녀석! 결국 지쳐 쓰러졌 구나!"

거북이의 말에 바람이 토끼 대 신 대답했다.

"거북아, 토끼는 너와 싸울 생 각이 없다는데 너는 왜 토끼와 싸우고 싶은 거야?"

바람의 말에 거북이가 말했다.

"모든 동물들에게 내가 얼마나 빠른지 저 토끼를 이겨서 증명해야 하니까."

거북이의 말에 토끼가 말했다.

"거북아 너는 충분히 빨라. 왜 나를 이겨서 너의 빠름을 증명하려고 하는 거야?"

토끼의 말에 거북이는 험악한 표정을 지으며 대답했다.

"지쳐 쓰러진 주제에 입만 살았군! 네가 아무리 혀를 놀려봤자 나는 정의롭게 너를 이기고 나의 실력을 증명하겠어!"

거북이는 말이 끝나자마자 토끼를 지나쳐 다람쥐의 창고로 향했고 토끼는 의미 없는 싸움

을 할 바에야 낮잠을 자는 편이
낫다며 잠이 들었다.

결국 달리기 시합은 거북이가
이겼고 그때부터 오늘날까지
동물들은 실력과 재능을 다른
누군가를 이김으로써 증명하고
있다.

,

숲을 위해

나의 아버지는 원래 허허벌판에 혼자 계셨다고 한다. 그런데 구름이 나의 아버지에게 말하길,

"나무야, 너 혼자 여기 있으면 우리 구름들이 주는 비를 받아 마시기 힘들단다. 우리는 나무들이 많이 모여 있는 곳에 비를 뿌릴 수밖에 없어, 그러니 너도 저기 나무들이 많이 모여 있는 숲이라는 곳에 가서 그들과 함께 살아 보렴."

그래서 나의 아버지는 숲이라는 곳에 들어갔고 아버지보다 먼저 숲을 이룬 나무들이 만든

규칙에 따라 살기 시작했다.

아버지는 혼자 허허벌판에 있
을 때보다 구름들이 주는 비를
더 많이 받아 마실 수 있었고
비가 내리지 않을 때면 주변 나
무들이 아버지에게 수분을 나
누어 주곤 했다.

아버지는 숲에 오길 정말 잘했
다고 생각하셨는데, 가장 큰 이
유는 숲에서 사랑하는 지금의
어머니를 만났기 때문이었다.

그러던 어느 날 숲에 큰불이 났
다. 다행히 아버지와 어머니는
무사했지만 다시 울창한 숲의
모습을 갖추기 위해서는 나무
들이 대대적으로 이동을 해야
한다고 했다. 결국 어머니보다
뿌리가 큰, 아버지는 숲의 가장
바깥쪽으로 배치되었고 어머니
와 생이별을 하게 되었다. 물론

아버지와 어머니는 헤어지기가 싫었지만 숲의 기능을 되살리기 위해서는 어쩔 수 없었다.

아버지는 늘 어머니를 그리워하면서도 자신으로 인해 숲이 유지된다는 생각에 스스로 당신을 자랑스러워하셨고, 수년간 숲 밖의 저수지 물을 자신의 뿌리로 흡수해 숲으로 옮기는 일을 하셨다. 숲을 위해.

아버지는 이제 그만 어머니가 있는 곳으로 가길 원했지만 다른 나무들은 숲의 존망보다 본인의 이익이 중요하냐며 아버지를 지탄했고 아버지가 살 수 있는 것도, 어머니를 만난 것도 모두 숲이 존재했기에 가능했다며 이제 숲을 위해 희생해야 한다고 했다.

아버지는 잠시나마 이기적인 마

음을 품은 자신을 탓했고, 남은
평생을 숲 가장 바깥쪽에서 자
신의 뿌리로 저수지의 물을 흡
수해 숲으로 옮기는 일을 하다,
오늘 돌아가셨다. 숲을 위해.

정치

지독한 가뭄이 계속되는 나라
가 있었다. 백성들은 궁전 앞에
서 가뭄을 해결해 달라고 왕에
게 시위를 했고 왕은 즉각 사람
들이 많이 다니는 거리에 '비와
대지'라는 작은 탑을 세우라고
명했다.

사람들은 탑을 보고 왕이 백성
을 위해 무언가를 한다는 사실
에 감격했고 더 이상 궁전 앞에
서 시위를 하지 않았다.

하지만 탑 건설에 의문을 품은 한
학자가 왕에게 찾아가 말했다.

"왕이시여, 가뭄과 전혀 상관이 없는 탑은 도대체 왜 세우라 하신 겁니까? 탑을 세우면 비가 올 것이라 믿는 것입니까?"

그러자 왕이 말했다.

"비가 오는 것은 중요하지 않다. 하지만 궁전 앞에서 소리치던 백성들은 다시 그들의 집으로 돌아갔지."

관점

어제 나의 친구가 처형을 당했
다. 나는 마을 사람들에게 친구
가 처형당한 이유를 물었고 마
을 사람들은 친구가 죽어 마땅
하다 했는데 친구가 아름다운
인어공주를 보고 "얼마나 비린
내 날까?"라는 불순한 말을 했
다는 것이었다. 나는 친구의 죽
음을 애도하며 황급히 그 마을
을 떠났다. '인어공주의 살결은
생선처럼 미끄러울까?'라는 궁
금증을 처형한 채.

’

두 왕자

두 왕자가 왕과 함께 궁전에서 마을을 내려다보며 백성들을 관찰하고 있었다.

왕은 두 왕자에게 백성들을 가리키며 이렇게 말했다.

"저들은 우릴 위해 존재하는 사람들이 아니란다."

두 왕자는 왕의 말을 각기 다르게 해석했는데 첫째 왕자는 속으로 생각했다.

'저들이 우릴 위해 존재하는 사람들이 아니었다니, 왕족의 위

대함을 모르는 것들. 내가 왕이
된다면 저들에게 곡식을 주지
도 땅을 주지도 않겠어. 어쩌면
저들을 가까이 있는 적이라 봐
도 무방하겠군.'

둘째 왕자는 속으로 생각했다.

'저들이 우릴 위해 존재하는 사
람들이 아니었다니, 저들에게
도 각자의 세상이 있고 삶이 있
구나. 어쩌면 왕족이라는 자리
는 저 많은 사람들의 삶을 더
풍요롭게 해주기 위한 것일지
도 몰라. 내가 왕이 된다면 저
들을 이해하고 존중하는 왕이
되겠어.'

공범

"원님, 억울합니다. 제가 강도님을 보고도 모른 척했다니요. 강도님은 어둠보다 더 어두운 모습을 하고 다니시는데 제 눈이 어찌 어둠을 볼 수 있겠습니까."

원님은 김 아무개를 풀어주었고 박 아무개를 잡아들였다.

"원님, 억울합니다. 제가 강도님의 발소리를 듣고도 모른 척했다니요. 강도님은 정적보다 고요하신데 제가 어찌 고요함을 듣겠습니까."

원님은 박 아무개를 풀어주었

고 최 아무개를 잡아들였다.

"원님, 억울합니다. 제가 강도
님과 알고 지낸다니요. 강도님
은 강하고도 위대하신데 어찌
그리 위대한 사람을 제가 알 수
있겠습니까."

이에 원님은 판결을 내렸다.

"강도님은 혼자서 이와 같은 범
행을 저지를 순 없고 그를 본
사람도 들은 사람도 아는 사람
도 없으며 그는 강하고 위대한
사람이므로 이와 같은 파렴치
한 일을 저지를 리 만무하다.
그러므로 강도님은 무죄."

만든 자

아주 오래전에 숲을 만들 때, 숲을 만드는 자가 토끼를 천한 신분으로 정했다.

토끼들은 억울하고 순응할 수 없어 숲을 도망쳐 나가려고 했으나 숲은 끝없이 넓고 커서 결국 붙잡히게 되었다.

처음에 토끼들은 자신들을 천한 신분으로 만든 숲을 만든 자를 찾아 죽이고 싶었다. 하지만 시간이 지날수록 자신들 위에 군림하려 하는 동물들을 증오하게 되었다.

숲의 동물들 역시 처음에는 토끼가 왜 천한 신분인지 몰랐지만 모두가 토끼의 신분에 동의하면서 지내다 보니 자연스레 토끼 위에 군림하게 되었다.

그러던 어느 날 곰이 자신이 좋아하는 바위에서 낮잠을 자는 토끼를 보았다. 곰은 천한 토끼가 자신의 바위에 올라 낮잠 자는 것을 용서할 수 없었고 자고 있는 토끼를 바위에서 밀어내 버렸다. 바위에서 떨어진 토끼는 결국 죽게 되었고 순식간에 이 소식이 숲속에 퍼졌다.

모든 토끼들은 분노했고 자신들을 천대하는 곰들을 더 이상 용서할 수 없다며 눈에 보이는 대로 곰들을 폭행하기 시작했다. 이런 사태에 곰들 역시 천한 토끼들에게 당하고만 있을 수 없다며 보이는 대로 토끼를 죽이기 시작했다.

토끼와 곰의 싸움은 커지고 커져 숲의 전쟁으로 번지게 되었다.

많은 동물들이 곰의 편에 서서 싸웠지만 몇몇 동물들은 평등한 세상을 외치며 토끼의 편에 서서 싸웠다.

서로가 문명과 평등, 자유, 사회를 말하며 서로를 욕했고 죽였다.

그런데 아무도 숲을 만든 자를 욕하는 동물은 없었다. 심지어 토끼마저도.

,

뉴스

광활하게 넓은 숲은 멀리서 보면 빼곡하게 채워진 나무들로 푸르게만 보이고 고요한 것 같지만 나뭇가지를 들추면 온갖 동물들이 뒤엉켜 복잡하고 시끄럽다.

이 복잡하고 시끄러움 속에서 재미난 일도 끔찍한 사건도 일어나는데 이 소식을 나뭇가지 위로 모두가 알 수 있게 전달해 주는 오래된 동물이 있다. 뻐꾸기.

요즘에는 많은 새들이 숲속의 소식을 다양하게 전하긴 하지만 대부분의 동물들은 오랫동

안 소식을 전해 온 뻐꾸기를 신
뢰하고 의지하고 있었다.

그러던 어느 날 뻐꾸기가 속보
라며 왕의 총애를 받고 있는 다
람쥐의 친구 주소가 가짜라고
온 숲에 알렸다.

처음에 뻐꾸기의 속보를 접한 동
물들은 어리둥절했다. 하지만 오
랫동안 숲속의 소식을 전해 온
뻐꾸기가 중요한 속보라고 전해
오니 동물들은 가짜 주소에 대해
서 심각하게 생각했다.

"아니 어떻게 왕의 총애를 받는
자가 친구의 주소를 속일 수가
있어! 정말 윤리적으로 큰 문제
야! 그러니까 말이야 왕의 총애
를 받는 자가 주소를 속이다니
이건 특혜라고 특혜!"

곳곳에 다람쥐를 욕하는 동물들

이 등장했고 여전히 뉴스를 이
해하지 못한 동물도 있었다.

"다람쥐 친구의 주소가 가짜인
게 다람쥐랑 무슨 상관이지?,
이게 속보로 다룰 만큼 중요한
사건인가? 다람쥐가 주소를 속
였다고?"

그날 숲속은 다람쥐에 대해 아
주 시끄러웠고 다음날 뻐꾸기
의 '다람쥐 도토리 껍질 무단투
기' 속보는 숲속을 달구었다.

"이틀 연속 다람쥐에 대한 소식
이야, 이런 자가 정말 왕의 가
까이 있어도 되는 거야? 도토
리 껍질을 무단투기하다니 분
명 숲의 동물들을 무시하는 거
야, 이번 사건은 정말 그냥 넘
어가선 안돼, 배후에 누가 있는
지 밝혀야 해, 나는 아직도 이
게 대단한 뉴스인지 모르겠어."

숲을 걱정하는 동물들, 다람쥐를 욕하는 동물들, 여전히 뉴스를 이해하지 못한 동물들. 숲은 다람쥐에 대한 이야기로 가득했다.

그러던 중 한밤에 폭우가 쏟아졌고 번개가 쳐 숲속의 많은 나무들이 쓰러지는 사고가 발생했다. 많은 동물의 젖줄인 나무가 대량 쓰러진 것은 숲속의 큰일이어서 많은 동물들이 걱정하며 다음날 뻐꾸기의 소식을 기다렸다.

하지만 뻐꾸기는 지난밤, 쓰러진 나무 이야기가 아닌 '다람쥐 가족의 부도덕성'에 대해 이야기했고 숲의 큰 사고보다 더 중요하게, 3일째 다루는 다람쥐 이야기에 숲속 모든 동물은 다람쥐의 심각성에 대해 인지하게 되었다.

오래된 경쟁

친구와의 경쟁에서 승리하고
온 아들이 어머니에게 말했다.

"어머니 제 친구가 말하길, 자
신은 저와 경쟁한 적이 없다고
말해요. 사실 승부는 없었다고
경쟁이란 말은 이 숲에서 존재
하지 않는다고."

"아들아, 패배자의 변명을 귀담
아듣지 말거라. 너는 누가 뭐래
도 자랑스러운 승리자란다."

"하지만 친구가 말하길, 저는
어머니가 알아봐 주신 정보들
과 어머니가 고용해주신 선생

님이 없었으면 승리하지 못했
을 거래요."

"아들아 이 숲에서 경쟁은 혼자
만 하는 것이 아니란다. 엄마들
도 노력을 해야 돼. 나는 노력
을 했고 네 친구의 엄마는 노력
을 하지 않은 결과란다."

"하지만 제 친구 어머니는 아침
이면 청바지 공장에 나가서 일
하고 집에 돌아와 집안일을 하
면 녹초가 되어서 어머니가 저
를 돌보듯이 제 친구를 보살펴
줄 여력이 안 돼요."

"아들아, 이 숲의 경쟁은 사실
아주 오래전부터 시작된 거란
다. 내가 네 친구 어머니와의
경쟁에서 이겼으니 너를 돌볼
수 있는 여유가 있고 그녀는 내
게 졌으니 청바지 공장에서 노
동을 하고 있는 거란다."

"역시, 어머니 대단해요. 어머니의 아들인 것이 자랑스러워요. 그렇다면 어머니는 어떻게 승리자가 되셨죠?"

,

고집

주인에게 찾아간 고양이가 읍
소하였다.

"주인이시여, 저 개를 내쳐주
십시오. 저만 만나면 꼬리를 치
켜세우고 화를 내니, 도무지 저
정신병자 같은 놈과 한 집에서
살 수가 없습니다."

이어 개가 주인에게 읍소하였다.

"아닙니다. 주인이시여, 저 고
양이야말로 아주 포악한 미친
놈입니다. 아무리 좋게 지내보
려 꼬리를 흔들어도 화를 내고
달려드니 저 미친놈을 내쳐주

십시오."

개의 하소연을 들은 고양이가 분노하며 개에게 말했다.

"이 정신병자야, 나는 꼬리 세우는 것이 기분 나쁘다고 몇 번을 말했거늘. 내 말을 무시하는 게 아니더냐?"

고양이의 말을 들은 개가 고양이에게 말했다.

"이 미친놈아, 그러니까 내가 꼬리를 흔드는 건 그런 뜻이 아니라고 몇 번을 말했는데 너야말로 내 말을 무시하는 게 아니냐?"

해고

친척들이 모여 심각하게 회의
를 하고 있었다.

고모가 직원을 해고하고 싶은
데 법에 걸리는 것이 문제였다.

긴 논의 끝에 가족들은 괜찮은
아이디어를 생각해냈고 해고 뒤
에는 또 어떻게 퇴직금을 주지
않을지에 대해 다시 논의했다.

그리고 나는 친척들이 고민했
던 방법으로 오늘 해고당했다.
물론 퇴직금도 받지 못했다.

,

취업난

청년 취업난이 심각하다는 뉴
스에 남자가 말했다.

"취업이 어렵기는. 요즘 애들은
편한 일만 하려 들고 힘든 일은
안 하려 해서 그렇지. 문제는
세상이 아니라 요즘 애들이야."

아들이 말했다.

"아버지, 저는 문제 있는 아들
이 되고 싶지 않아요. 내일부터
당장 공사판에라도 출근하겠습
니다."

아들의 말에 남자는 역정을 내
며 소리쳤다.

"너 이 새끼, 공사판에나 나가라
고 내가 너를 대학에 보낸 줄 아
느냐. 그따위 일을 할 거면 다시
는 집에 못 들어올 줄 알아라."

남자의 말에 아들이 말했다.

"아, 취업 참 어렵군요."

두 여자

어느 가문의 두 며느리가 있었다.

어느 날 남자가 식사 도중 첫째
며느리에게 물을 떠오라고 시
키자 첫째 며느리가 대답했다.

"아버님, 저는 아버님을 존경하
지만 존경한다고 해서 물을 떠
오는 시중은 들 수 없습니다.
아버님이 목이 마르시다면 본
인이 직접 떠다 드셔야 합니다.
아버님이 집안의 큰 어른이시
라고 해서 세게 불합리한 명령
을 할 권한은 없으십니다. 이는
오래된 우리나라의 악습이며
그릇된 권위주의입니다."

그러자 남자는 첫째 며느리에게 소리쳤다.

"이런 버르장머리 없는 것, 네가 그렇게 잘났느냐. 어디서 혼자 잘난 척인 것이냐. 시아버지에게 물 한 잔 떠다 주는 일에 그따위 이유들을 대야 한단 말이냐. 어찌하다 이런 것이 우리 집안에 들어왔는지. 집안의 근간이 흔들리는구나!"

첫째 며느리는 고개를 숙였고 속으로 생각했다.

'옳지 못하다고 생각하는 것들을 할 순 없어. 변화는 이렇게 시작하는 거야.'

남자는 화를 삭이지 못한 채로 둘째 며느리에게 물을 떠오라고 시켰다. 그러자 둘째 며느리는 예쁜 잔에 물을 받아 두 손으로 공손히 남자에게 건넸다.

남자는 둘째 며느리에게 말했다.

"옳지! 둘째 넌 심성이 참으로 곱구나! 가족이란 자고로 누구처럼 저 혼자 잘난 체하는 것이 아니라 이렇게 함께 살아가는 것이란다."

둘째 며느리는 고개를 들었고 속으로 생각했다.

'아버님, 저는 착한 것이 아닙니다. 단지 권력에 순응한 것뿐이랍니다.'

,

노파의 방법

부자들이 모이는 모임에서, 최
근에 부자가 된 여자가 오랫동
안 부자였던 노파에게 물었다.

"저희 집 하인들은 말을 잘 안
듣는데 부인의 집 하인들은 어
쩜 그렇게 순종적으로 말을 잘
듣나요?"

오랫동안 부자였던 노파가 말
했다.

"호호호, 글쎄요, 칭찬을 자주
해줘서 그럴까요."

최근에 부자가 된 여자는 오랫

동안 부자였던 노파의 말을 듣고 그때부터 작은 일 하나하나에도 하인들에게 칭찬을 해줬다. 그 이후 신기하게도 하인들이 여자에게 더 친절하고 순종하는 것처럼 느껴졌다.

그러던 어느 무더운 여름날 집의 별채를 짓는 공사를 하고 있는데 하인들이 너무 더워서 그런지 일을 열심히 하지 않는 것이다. 아무리 칭찬을 해도 하인들의 움직임에 큰 변화는 없었다. 공사가 하루하루 늦어지니 답답했던 여자는 다시 노파를 찾아가 물었다.

"부인의 말대로 칭찬을 했더니 하인들이 한결 순종적이게 됐습니다. 하지만 칭찬만으로는 이 무더위에 열심히 일하게 만들 순 없는 것 같은데 부인께서는 어떻게 하고 계십니까?"

여자의 물음에 노파가 말했다.

"가장 열심히 일하는 하인에게
는 특별 수당을 더 주고 있어요.
돈 앞에선 여름도 서늘하죠."

여자는 곧장 집으로 달려와 하
인들에게 열심히 일한 자에게
는 특별 수당을 준다고 선포했
고 얼마 지나지 않아 별채는 완
공되었다. 그때부터 여자는 크
고 특별한 일 거리가 있으면 하
인들에게 특별 수당을 내 걸었
고 그때마다 정말 과거의 하인
들이 맞나 싶을 정도로 일이 척
척 진행됐다.

하지만 일을 너무 많이 시킨 탓
일까, 몇 하인들이 건강상의 이
유로 다시 일을 소극적으로 임
하기 시작했다. 여자는 건강의
문제를 말하는 하인들에게 칭
찬과 특별 수당을 이야기했지

만 하인들은 아픈 사람에게 너무하다며 오히려 화를 잔뜩 내었고 모든 일을 거부하였다.

여자는 당황했고 어쩔 줄 몰랐다. 하지만 노파는 이러한 문제 또한 해결법을 알 것 같아, 당장 노파를 찾아갔다.

"부인! 부인이 알려준 대로 칭찬도 하고 특별수당도 주니 하인들이 정말 일을 열심히 했습니다. 그런데 일을 너무 많이 하다 보니 하인들이 여기저기 아프기 시작하는데 이제는 아예 일을 못하겠다고 합니다. 이젠 하인을 바꿀 때가 된 걸까요?"

여자의 말에 노파가 손을 저으며 말했다.

"아니요, 하인을 새로 가르치고

길들이는 게 얼마나 번거로운
데요. 지금의 하인을 쓸 수 있
는 데 까지는 써야죠."

여자는 노파의 말에 쉽게 수긍
하며 방법을 구했고 노파가 말
했다.

"아마 지금쯤 몸도 아프지만 마
음도 많이 상했을 거예요. 잘 달
래 줘야죠. 휴가를 줘 보세요.
아프면 휴식을 해야죠. 아마 모
든 감정이 사그라들 거예요."

집으로 돌아온 여자는 화가 난
하인들을 보며 이미 저들은 자
체적으로 휴식을 갖고 있는데
휴식을 준다고 해서 이 상황이
정리될까 싶었지만 여자는 노
파의 말대로 화가 난 하인들에
게 차례로 휴가를 주었다.

그러자 하인들은 여자가 자기

들을 진심으로 대해준다며 감동을 했고 여자에게 고맙다고 몇 번이고 절을 했다.

휴가를 다녀온 하인들은 여자에게 더 충성했으며 더 열심히 일을 했다. 여자는 진작 휴가를 줄 걸 그랬다며 만족해했다. 하지만 휴가는 달콤했고 달콤함을 원하는 하인들은 점점 늘어났다. 그렇게 휴가를 갖는 하인들이 많아지자 그와 비례하여 여자의 불만도 점점 늘어나기 시작했다.

여자는 하인들의 휴가를 억제하고 싶었지만 이미 하인들 사이에서 여자는 덕망 높은 부자로 소문이 나 있었기에 자신의 체면을 지키면서 하인들을 통제할 수 있는 방법을 고민했다.

때마침 여자의 집이 궁금했던

노파가 여자의 집을 찾았고 여자는 노파에게 자신의 고민을 상담했다. 노파는 당연한 일이라며 그것에 대한 해결법을 말해 주었다.

"하인들 사이의 계급을 만들어 휴가를 가지 않고 열심히 일한 하인을 진급 시켜주세요. 휴가를 가지 않으면 일한 시간이 많을 테니 보상을 해주는 것이 당연하죠. 모든 인간은 누군가 위에 군림하고 싶어 해요. 그게 어제의 동료였다고 하더라도요. 어쩌면 모두가 휴가를 가지 않는다고 할지도 모르겠네요. 호호호."

여자는 지금까지 노파의 방법은 모두 통했기에 이번에도 통할 것이라 믿어 의심치 않고 하인들을 불러 이제부터 일하는 시간이 가장 많은 하인에게는

진급의 기회가 주어진다고 발
표했다.

여자의 발표 이후 하인들은 하
나 둘 휴가를 취소했고 이전보
다 묵묵히 열심히 그리고 충성
스럽게 일을 했다.

여자는 노파의 방법들을 적재
적소에 썼고 온 동네 부자들이
이 노파의 방법을 배워갔다. 그
때부터 온 동네 하인들은 힘든
일에는 특별 수당을, 정말 아프
고 일할 수 없는 사정에만 휴가
를 쓰며 자신들의 계급을 높이
기 위해 노력했다. 자기들만의
피라미드에서.

신

어둠이 가득한 마을, 해가 떠도 적막한 이곳에서는 벌레와 사람이 경계 없이 살고 있었다. 노인은 없었고 젊은이들은 병에 찌들었으며 아이들은 흙을 먹었다. 이 참혹한 곳에 내가 빵을 가지고 도착했을 때 그들은 나를 신이라 불렀다.

나는 신이 아니었기에 그들에게 나는 신이 아니라고 몇 번을 말했지만 그들은 나를 신이라 불렀고 나는 신이 아니었지만 그들은 나를 신이라 믿었다.

,

질문

어느 날 왕이 백성들에게 본인
이 직접 만든 왕국의 질서를 공
표했다.

왕의 연설을 들은 한 백성이 왜
질서를 왕이 만드는 것이냐고
질문했다.

그러자 왕은 질문한 백성에게
왕의 존재를 부정하는 것이냐
며 질문한 백성을 반역죄로 처
형했다.

왕의 연설은 계속되었는데, 왕국
의 질서를 살펴보던 한 백성이
왕국의 질서에 대해 질문했다.

그러자 왕은 자신의 깊은 뜻을
의심하는 것이냐며 질문한 백
성을 반역죄로 처형했다.

많은 백성들 중 한 백성이 의심
하는 것이 왜 반역이냐 묻자 왕
은 다시 질문한 백성을 반역의
공모자라 말하며 처형했다.

한 백성이 반역을 하면 왜 처형
을 당해야 하냐 묻자 왕은 다시
질문한 백성을 반역의 잔재라
말하며 처형했다.

그날 모든 백성들은 질문을 가
지고 있었고 왕은 모든 백성들
을 처형했다.

그때부터 왕국에는 시체만이
가득했다.

폐쇄

화장실이 폐쇄되었다. 화장실
이 있어서 사람들이 배설을 일
삼는다는 것이 이유였다.

화장실은 폐쇄되었지만 그들이
기대했던 배설 억제 효과는 없
었다. 오히려 사람들은 아무 곳
에나 배설을 하기 시작했다.

,

사막에 대하여

사막이 원형일까, 숲이 원형일까.

누가 숲을 사막으로 만들었을
까, 날씨일까, 동물일까, 아니면
숲 스스로일까.

누가 사막을 숲으로 만들었을
까, 날씨일까, 동물일까, 아님
사막 자신일까.

사막에 사는 동물들은 어떻게 사
막에 살게 되었을까? 사막이 되
기 전부터 살고 있었을까? 사막
이 되고 난 후 옮겨 온 것일까?

사막의 오아시는 과거 숲의 눈
물이 아닐까.

사막의 모래는 한 종족의 유골
이 부식된 것 아닐까.

사막의 모래는 자신의 집을 알까.

사막의 바람은 방향을 무엇으
로 기억할까.

내가 사막의 모래에 묻힌다면
나는 사막이 되는 것인가, 사막
이 나의 일부가 되는 것일까.

나는 사막의 어디까지 보았나.

혁명가들

개미굴에는 개미굴을 만든 귀
족 개미들과 그렇지 않은 일반
개미들이 살고 있었다.

개미굴에는 개미굴을 처음 만
들 당시 귀족 개미들이 세운 규
칙이 있었는데, 일반 개미들 중
몇몇은 그 규칙에 대해서 늘 부
당함을 느끼고 있었다.

몇몇의 일반 개미들은 개미굴
에 새로운 규칙을 세울 필요성
을 느꼈고 새로운 규칙을 세우
기 위해 귀족 개미들과 싸우기
로 결심했다.

그들은 개미굴 안에 그들만의
작은 굴을 만들었고 자신들을
혁명 개미라고 말했다.

시간이 지날수록 더 많은 일반
개미들이 귀족 개미와 싸우는
혁명 개미의 존재를 알게 되었
고 일반 개미들이 하나둘씩 작
은 굴로 모이기 시작했다.

작은 굴에 모이는 일반 개미들
의 수는 점점 불어났고 개미의
수가 많아진 만큼 다양한 혁명
개미들이 생겨났다.

맨 처음 작은 굴을 만든 혁명
개미들을 존경하고 대우하는
개미들이 있는가 하면 그렇지
않은 개미들이 있었고, 또 혁명
개미들이 맨 처음 작은 굴을 만
들 때의 의도와 전혀 다른 의도
를 가진 개미들도 있었다.

맨 처음 작은 굴을 만든 혁명 개미들은 시간이 지날수록 자신들의 입지가 모호해지는 것을 느꼈고 자신들의 의도가 변질되는 것을 막기 위해 그들은 작은 굴에 규칙을 만들기로 했다.

규칙을 가진 작은 굴은 날이 갈수록 질서 있게 그 크기를 키워나갔고 마침내 개미굴을 만든 귀족 개미들과의 싸움에서 승리했다.

개미들은 새로운 개미굴의 탄생을 기뻐했지만 몇몇 개미들은 새로운 개미굴의 규칙에 부당함을 느끼고 다시 새로운 작은 굴을 만들기 시작했다.

,

사막

어느 날 숲을 다녀온 사막의 공
주가 숲의 아름다움과 풍요로움
에 반해 숲을 동경하게 되었다.

그 이야기를 들은 한 학자가 자
신이 사막을 숲과 같이 만들어
보겠다고 약속하며 어마어마한
왕궁의 거금으로 사막의 땅에
물을 대었다.

어마어마한 거금이 들어갔기에
공주는 숲과 같아질 사막을 기
대했고 하루하루 결과가 나오
길 손꼽아 기다렸다.

하지만 시간이 지나도 사막은

숲과 같은 모습을 이루지 않았
고 자신이 속았다고 생각한 공
주는 학자를 처형하였다.

그러자 한 신하가 자신이 진실
로 사막을 숲과 같이 만들어 보
겠다며 왕궁의 어마어마한 거
금을 받아 사막에 나무를 빼곡
히 심었다.

어느 정도 사막이 숲의 형태를
갖추자 공주는 기뻐했고 신하
에게 큰 상을 내렸다. 하지만
얼마 가지 않아 사막에 심은 나
무들은 모두 말라죽었고 공주
는 신하를 불렀다.

공주의 부름에 신하는 단숨에
달려와 지난번 처형당한 학자
가 사막에 물을 대어 그렇다며
탓을 했다. 공주는 그 당시, 속
은 것도 억울한데 그때 속았던
것 때문에 지금의 나무가 모두

죽었다고 생각하니 분노가 치밀어 올라 학자의 제자들을 찾아 더 이상 그 학문이 퍼지지 않도록 징계를 내렸다.

다시 신하는 공주에게 조금 더, 많은 돈을 주면 확실하게 숲을 만들 수 있다고 장담했고 공주는 그런 기백 있는 신하의 모습에 한 나라를 만들 수 있을 만큼의 거금을 신하에게 주었다.

신하는 다시 사막에 나무를 심는 공사를 시작하였다. 그 공사 과정에서 솟아오르는 새싹들이 무참히 짓밟혀 나갔다. 그 새싹들이 난 곳은 오래전 처형당한 학자가 물을 댄 땅이었다.

나무를 심는 만큼 사막은 다시 숲의 형태를 갖추었고 공주는 다시 아주 기뻐했다. 하지만 역시 얼마 가지 않아 사막에 심은

나무들은 모두 말라죽었고 공
주가 신하를 찾았을 때 신하는
사막에서 찾을 수 없었다.

시간이 지나 사막에서 멀리 떨
어진 섬에 신하가 작은 왕국을
세워 왕이 되었다는 소문이 퍼
졌고 사람들은 신하가 왕국을
세울 만큼의 돈이 어디서 났는
지 가늠조차 못했다.

숨은 작가 의도

* 편집

본 책의 모든 이야기는 왼쪽에서
시작된다.

작가의 말

서른을 앞에 두고 저는 지금 시
기에 맞는 고민을 하면서 이 책
을 썼습니다.

이 책을 쓰면서 부끄러운 저 자신
을 마주했고 쓰는 동안에도 어리
석지 않았다고는 말 않겠습니다.

책을 엮은 지금,

저는 다시 삶을 살아갑니다.

선택하고 후회하며 반성하면서.

2017년 8월
이광호

BYEOL BIT DEUL

별빛들은 기존의 방식과 형식으로부터 자유로우며 독립적으로 활동하는 문학 작가들과 협업, 그들의 작품을 대중들에게 소개하는 문학 출판사입니다.

별빛들은 독립적으로 문학활동하는 작가와의 협업을 통해 '문학'과 '출판'과의 관계를 유연하게 만들고 엄격한 기준과 검열의 과정 없이도 탄생되고 있는 작가의 예술적 가치를 소개하여 문학의 다양화, 출판의 민주화를 유발하려 합니다. 나아가 다양한 영역에서 독립된 자아실현이 이루어지는 우리 사회를 응원합니다.

이 광 호 (李 光 浩)

삶에 가치를 주는 유일한 것은 사랑이라 생각합니다.
좋아하는 것들을 가까이 두는 일을 행복으로 생각합니다.
글을 읽고 쓰는 것을 일로 합니다. 은유를 즐겨합니다.

4권의 시집과 1권의 엽서집, 2권의 산문집,
1권의 우화집을 지었습니다.

별빛들 작품선

숲 광장 사막

ⓒ 이광호 2020

초판 1쇄 발행	2017년 10월 10일
증보판 1쇄 발행	2020년 02월 02일
글	이광호
발행인	이광호
편집	이광호
디자인	이광호
펴낸곳	별빛들 (Byeolbitdeul)
출판등록	2016년 8월 10일 제 2016-000022호
이메일	lgh120@naver.com

ISBN 979-11-89885-07-6
ISBN 979-11-89885-06-9 (세트)

「이 도서의 국립중앙도서관 출판예정도서목록(CIP)은 서지정보유통지
원시스템 홈페이지(http://seoji.nl.go.kr)와 국가자료종합목록 구축시스
템(http://kolis-net.nl.go.kr)에서 이용하실 수 있습니다. (CIP제어번호 :
CIP2020003543)」